能不忆江南

聂鑫森 著

"走向世界的中国作家"文库编辑委员会

主编：野 莽

成员：（以姓氏笔画为序）

王池英（美） 立松升一（日） 吕 华

刘浩冰 许金龙 安博兰（法） 周大新

尚振山 贾平四

不仅是为了纪念

——"走向世界的中国作家"文库总序

野莽

在一切都趋于商业化的今天,真正的文学已经不再具有二十世纪八十年代的神话般的魅力,所有以经济利益为目标的文化团队与个体,像日光灯下的脱衣舞者表演到了最后,无须让好看的羽衣霓裳做任何的掩饰,因为再好看的东西也莫过于货币的图案。所谓的文学书籍虽然仍在零星地出版着,却多半只是在文学的旗帜下,以新奇重大的事件,冠以惊心动魄的书名,摆在书店的入口处,引诱对文学一知半解的人。

这套文库的出版者则能打破业内对于经济利益的最高追求,尝试着出版一套既是典藏也是桥梁的书,为此做好了经受些许经济风险的准备。我告诉他们,风险不止于此,还得准备接受来自作者的误会,此项计划在实施的过程中不免会遭遇意外。

受邀担任这套文库的主编对我而言,简单得就好比将多年前已备好的课复诵一遍，依照出版者的原始设计，一是把新时期以来中国作家被翻译到国外的，重要和发生影响的长篇以下的小说，以母语的形式再次集中出版，作为中国当代文学的经典收藏；二是精选这些作家尚未出境的新作，出版之后推荐给国外的翻译家和出版家。入选作家的年龄不限，年代不限，在国内文学圈中的排名不限，作品的风格和流派不限，陆续而分期分批地进入文库，每位作者的每本容量为十五万字左右。就我过去的阅读积累，我可以闭上眼睛念出一大片在国内外已被认知的作品和它们的作者的名字，以及这些作者还未被翻译的本世纪的新作。

　　有了这个文库，除去为国内的文学读者提供怀旧、收藏和跟踪阅读的机会，的确还能为世界文学的交流起到一定的媒介作用，尤其是国外的翻译出版者，可以省去很多在汪洋大海中盲目打捞的精力和时间。为此我向这个大型文库的编委会提议,在编辑出版家外增加国内的著名作家、著名翻译家,以及国外的汉学家、翻译家和出版家,希望大家共同关心和参与文库的遴选工作,荟萃各方专家的智慧,尽可能少地遗漏一些重要的作家和作品。这方法自然比所谓的慧眼独具要科学和公正得多。

遗漏总会有的,但或许是因为其他障碍所致,譬如出版社的版权专有、作家的版税标准,等等。为了实现文库的预期目的,那些障碍在全书的编辑出版过程中,出版者会力所能及地逐步解决,在此我对他们的倾情付出表示敬意。

目录

中篇小说

能不忆江南　　　　002

鲁小冰的湘军秘史　　062

短篇小说

天街　　　　106

风雪夜归人　　117

烟波芥舟　　135

惊雷　　　　159

鹰爪　　　　174

驯虎　　　　183

尚梦蝶　　　194

典当奇闻　　207

秋声秋色　　222

破毡笠	237
百年老锅	252
芳草斜阳小院	265
红黑白	280
斑头雁	298
路考	308

中篇小说

能不忆江南

鲁小冰的湘军秘史

能不忆江南

忆江南

在许多年前的那个初夏,在"风景旧曾谙"的江南偏僻一隅,在现代背景上凸现的一个古香古色的小镇,谢辞、翁蓊、华力这三个人物,从不同的方位与地域,蓦然相逢在这个坐标点上,就像一部设计精巧的戏曲,兀地到了高潮处,他们身不由己地成了此中的主要角色,然后演绎出别有意味的种种情状。在他们短暂的驻停之后,风流云散,而内心深处常回响着古人的一句咏叹:能不忆江南!

眼下谢辞已经相当衰老了,那细若游丝的呼吸,随时都有可能戛然而止。而翁蓊与华力,也已跨入了中壮年的行列,他们揖别后,再没有过任何联系,"鱼书欲寄何由达?水远山长处处同";当然也从不向人说起那一段往事,只在隐秘的记忆链环上,还系着关于那一个时空的标签。

也许,这三个人对宋词都有过或深或浅的痴迷,那遥远的江南古镇,以及与他们有关的事序和情景,被浓缩成一个一个缱绻的词牌,永远地散发着古典的芬芳。

水调歌头

谢辞教授万万没有想到他会在远离大学校园千里之外的一条南方古老的河上，重新遇见他的学生翁蓊。这是1990年初夏的一个下午。

微斜的太阳悬在河的上空，阳光肆无忌惮地倾泻在河面上，奔腾的波浪如同出炉的铁水，金光四射，两岸青山金碧辉煌，氤氲着一派富贵气象。这时谢辞正在游船的座舱里读着一本宋代人写的笔记小说，阳光和波光晃动在发黄的纸页上，把墨黑的字淹没成很模糊的一片，他只好放下书本，离开座位，从舱中从容地走出来，停留在舱门口。阳光泼了他一身，他感觉到满头银丝在温热中逐渐伸直，发出清亮的细碎的声响。站在船头栏杆边的一个身材修长的少妇悠闲地回转身来，紫红的裙摆划出很漂亮的弧线。他们的目光猛地相撞，撞得很重，分明有一种弯曲的感觉，然后迅速绷直，奇异地衔接起来，颤颤的。这种衔接，穿越了七年的岁月，使谢辞想起校园中的那个活泼的美丽的少女。他差点要喊出"翁蓊"这个名字。但翁蓊的目光渐渐变冷变硬，有如烧得通红的金属浇上了一瓢冷水，"叭"的一声断裂了。翁蓊飞快地转过身去，去看很远很远的水面上的一叶渔舟，谢辞只好缩回座舱里去。

谢辞重新坐下，思索这次和学生的相遇，深感人生何处不相逢的必然性和偶然性，并且具有一种说不清道不明的象征和暗示意味。作为一个古典文学教授，又专攻宋词，此时很容易沉入北宋词人晏殊《踏莎行》的境界中去，那些凄恻艳美的句子令他将逝去的时光与眼前的情景混淆起来。"碧海无波，瑶台有路，思量便合双飞去。当时轻别意中人，山长水远知何处？绮席凝尘，香闺掩雾。红笺小字凭谁附？高楼目尽欲黄昏，梧桐叶上萧萧雨。"他长长地叹息了一声。

1990年初夏的这个下午，谢辞坐在驰往老王镇的游船上，突然发现他的这次出行是如此的神奇和荒诞。在此后的日子里，他渐渐地发现这个短短的过程，其实是他一生思维格局和行为规则的缩影，他的灵魂得到一次前所未有的拷问。拷问他的除了翁荟，还有另外一个小伙子华力。不过这一刻，谢辞和华力、华力和翁荟之间还没有产生任何联系。

几天前的一个上午，当谢辞走出第三教学大楼的梯形教室时，澎湃的掌声一直追随着他走到炽烈的阳光下。他知道许多学生，尤其是女学生的钦羡的目光，正萦系在他的一头银丝上。虽说年近花甲，他的身板却是直直的，脚步很有弹性，特别是这一头银丝，不是花白，不是略点清霜，而是从里到外的纯白，有如一座雪峰，他自矜老得很美丽，是一种成熟的男人的美丽。对于许多情窦初开的女孩子，无异如是一种极有力度的诱惑。他走到了阳光下，深红色的衬衣使周围漫开一片暖色，是略染轻红的暖色，这使他立即回到刚才讲述《词学》的境界中去。诗偏重言志，"温柔敦厚，诗教也""发乎情，止乎礼义"，而词则不然，成长于茶楼酒肆、歌台舞榭，极少礼义教化的基因，大胆地表现男女之情，故以婉约为正宗。正如这略染轻红的暖色，而不是金光灿烂的太阳。于是，文人有了两种心态，有了两副笔墨，以诗来言志，以词来写情写爱写性。陆放翁有"铁马秋风大散关"的诗句，也有"红酥手，黄縢酒"的辞章。谢辞得意地笑了，然后回转身，向目送他的学生们挥了挥手，便朝不远处荷塘边的柳林中走去。这成了他几十年的习惯，下课后到柳林中坐一坐，看看日影，听听鸟鸣，那个空荡荡的家不必急着回去。

当他坐下来，点着一支香烟，惬意地吸了一口后，有轻盈的脚步响到面前，是一个长得很纯净的女孩子。谢辞抬头看时，说了一声："你姓翁吧？""不。我不姓翁，我们班都没有姓翁的，给您，您看看就明白了。"说完像小鹿一样跑了。谢辞的手里捏住一张练习纸，他摇了摇头，他把她当成翁蕊了。他把练习纸上密密麻麻的字看完后，突然兴奋起来，南方的楚地西南角，有一个宋代遗落的山中古镇叫老王镇，恢复了昔日面貌，民风民俗一如宋时，成为一个旅游胜地。末了说你不要问我叫什么，我想邀你暑假一起去玩，若同意，今晚八时在此处见面。谢辞苦笑了一下，然后把练习纸撕碎了。当晚八时的约会他自然没有去，但他记住了"老王镇"这个地名，久在书斋，又不看报看《新闻联播》，外面世界发生了什么事他不甚了了。但他决定去老王镇一趟，或许可以为他的宋词研究找到一些鲜活的素材，正好下星期没有课，于是乘火车南下，到了楚地的省会，再换乘向西南方向的车次，在古山溪站下车，找到船码头，登上了一艘游船。一直到此刻，他才发现出行这个事件原本具有的目的性已被他省略，由它衍生出另一个目的，即希望在宋代久远的氛围中，领略宋词形成的生活底蕴。但他的目的性同样会变成另一个样子。

谢辞的目光穿过开着的舱门，抚着站在栏杆边背朝着他的翁蓊。这个姿势使他想起七年前的一个夏日的黄昏，翁蓊站在校园小清湖的栏杆边，单薄的身子衬着一大片湖水，这是他们的最后一次见面，但她自始至终没有把"面"转向他。七年后的翁蓊已是一个风韵很浓的少妇，胳膊、腰肢和臀部都呈现出一种圆润的线条，再不是单薄的一片了。"谢老师，我明天就走了。我不后悔。你的活法太尴尬，师母就称不上是一个女人，那是一个工具！"翁蓊的声音又冷又湿，然后，背对着他走了。谢辞在小清湖畔几乎坐了整整一晚。

渡江云

　　翁蓊听到列车员喊古山溪站快到了的时候,她刚刚嗑完一大把奶油瓜子,小茶几上堆着棱角分明的瓜子壳,每一个都优雅地掰开成两片,但底部却是相连的,如同许多只张开翅膀的小鸟,在做短暂停留后的起飞准备。她为自己能如此娴熟地嗑瓜子而感动。同座的陌生人都很羡慕地看着她,并带着些许惶惑。她淡淡一笑。她这几年的光阴被锁在一栋豪华而幽静的小楼里,嗑瓜子成为她生活的必需,使她感受到连续不断的脆响在唇齿间的真实存在。小楼悠长的白昼和夜晚,她常常想起曾就读过的大学校园,家境的贫寒致使嗑包五毛钱的瓜子也成为一种少有的奢侈,少女所有的心思都埋在古香古色的书籍中,这使她在同学中鹤立鸡群。

　　列车"哐哐当当"响过一阵后,终于停在古山溪站。她从行李架上取下一个真皮旅行包,再从座位上拎起一个鼓鼓的鳄鱼皮坤包,随着人流向车厢门口走去。她要来老王镇,已经策划了不少日子,临到动身却又懒懒的了,其实她住在这条铁道线旁边的一个城市,要来并不难,只是没有心情。昨夜在那栋小楼里,突然做了一个梦,梦里的老王镇氤氲着一片轻红,宋朝的楼台亭阁金碧辉煌,市井间的人皆着古装,有车舆轿马间或驰过,分明听得有人唤她的名字，极熟谙极亲切，反身寻时却又不见。渐渐地有了灯火，浓浓密密，层层叠叠，使她想起辛弃疾的句子："东风夜放花千树，更吹落，星如雨。宝马雕车香满路。凤箫声动，玉壶光转，一夜鱼龙舞。"她猜测到呼唤她的人定在"灯火阑珊处"了。果然在一截古街的尾端，见到了那个人，有点像她的久已不见的先生吴智，又有点像教过她《词学》的谢辞教授，再仔细一看，分明是一个陌生人。陌生人很年轻很文秀，朝她招招手，她就毫不犹豫地过去了。他们走进了一处驿馆，走进了一个房间。门自动关上，陌生人突然抱起了她，她挣挫起来，一边挣挫却奇异地有了潮润的感觉，开始渴望有一种尖硬的物件来冲撞她。就在这时候她醒了，翻到了床下，光滑的地板透着微凉。她开始呜呜地哭泣，眼泪扑簌簌落在地板上，天花板上的顶灯从不同的角度射出柔和的光亮，泪珠子浑圆而美丽，让她怜爱。她手指蘸着泪珠子，在地板上写下"老王镇"三个字。

　　她随着人流走到了车厢门口，她踏住了下车的第一级铁梯，另一只脚正好悬在半空，准备往下移，在她的视域里突然出现一头纯如霜雪的白发，然后看见了那个笔直的背影，以及十分熟悉的步履。七年前从教室里走出来的时候，她经常跟在这一头银发和这一个笔直的背影后面，充满由衷的崇拜和向往。又争知，一字相思，不到吟边？她记得有一次，居然紧随着走进了一座小院落，三五棵梧桐，一院清秋，竹篱边几株黄菊，正吐着苦寒的清香。她有了一种归家的意绪，设想该先给他沏一杯花茶，再下厨做饭，把夕光收拢在灶火上。忽然听得一声高喊："老谢，学生来了，也不招呼一声？"

翁蓊看见一个很粗壮的女人横在一座平房前，眉很粗，眼很小，长方形的脸。她知道这是王进，德育教授，学生们很厌恶她，那也是学问？！

谢辞愣了一下，回转身来，看见了翁蓊，他说："她来拿一本书。小蓊，来吧。"

在此后的这个短暂的过程中，王进一直跟在谢辞的身边，看着他取下《艺蘅馆词选》递给翁蓊，看着他说："这是梁启超的女公子梁令娴所编的历代词选，是个很不错的选本。"看着翁蓊走出书房，走出小院子。

走出院子后，翁蓊的泪水流了下来。这个师母，自始至终就没叫她坐，就没为她沏茶，也不问谢辞是不是累了，是不是饿了。她想：王进根本就不是个女人，倒像是一个拿摩温（女监工）！听说，王进去年死了。

这一连串的联想，不过是一瞬间，翁蓊奇怪的是怎么会在这里碰到谢辞。她怨恨他，甚至觉得七年前所发生的一切，几乎给她今后的生活抹上了浓重的悲剧色彩，迄今为止她什么也没有得到，当然是指爱情。毕业后她回到南方的这座城市，教中学，后来认识了由教师下海的吴智，蜜月度完，吴智忙着跑他的生意，赚了很多钱，买了一栋小楼给她，叫她退了职，当老干部一样地养着。吴智却一年到头难得见几次，唯一的正常的联系是每月准时寄到的汇款单，五千元，一个不多，一个不少。而寂寞和难耐却与日增长，翻画报，看电视，嗑瓜子——只有嗑瓜子使她感到是一种自主自为的行动。嗑开的瓜子壳，使她产生豆蔻年华的冲动，想起西方现代派画家含意晦暗的作品，想起古人所创造的"破瓜"之类词语的新奇。嗑瓜子成了她自怜自虐的情结。她见到谢辞，曾产生立即返回的想法，但又有了一种报复的欲望：我为什么不可以自由自在地玩呢？老王镇又不是他的！

翁蓊不紧不慢地跟在一大群人后面，走向船码头。她看见那一头白发闪进了游船的座舱，然后缓缓上船，寄存好旅行包，手挽着小坤包站到了船头的栏杆边。1990年初夏的这个下午，在旁人看来，平静得一如往常，而潜在的波翻浪激，只有当事人心里明白。

当翁蓊再一次见到站在舱门口的谢辞，感觉到谢辞即将冲口而出呼唤她的名字时，她迅速地回转了身子。但谢辞的脸相使她误认七年前的时光并没有流逝，那张微胖的带点红润的脸相一如从前，略有变化的是添了些女气，与电影中的太监相去不远。这当然是家庭里长期性别倒错，以及后来的鳏夫生活所致。他已不是一个纯粹意义上的男人了。她想到这里,有了一种莫名其妙的快意。她手抓着坤包的带子,轻轻地晃动着坤包,坤包在空中划着圆弧,速度越来越快,成为一个灰白的光环。突然,翁蓊一声惊呼:"我的包!"但见一道光影疾速地从手上飞出,落在船头的左前方,浮在水面上。那里面有她旅游的全部费用和身份证。她急得直跺脚。

一个三十出头的小伙子走过来,说:"别急,我去捞!"翁蓊点点头。

于是,小伙子迅速脱掉衬衣和外长裤,再脱掉背心。他有很健壮的身体,线条很有韧性,胸脯上有几小撮绒黑的毛。在翁蓊的所有经验里,她不知道男人的胸毛竟是剽悍的象征。他说:"你们叫船停一下,我还要上来哩。"说完站到船沿,往上一纵,身子在空中翻卷,头朝下,径直朝水中射去。这个姿势从此保留在翁蓊的记忆里,她渴望有朝一日能亲近这样的身体。此后发生的环节不必赘述,小伙子捞到坤包,船停了,船上放下舷梯,他湿淋淋地爬上来。然后,摇了摇身子,水珠子便四散飞开,其中有一滴溅到了翁蓊的口里。她久久地含着,一种异常的感觉油然而生。

小伙子跳水捞包的这个极优美的姿势,其意义并不在"助人为乐"的表层,而在于他从此一刻起,真正地参与到原本属于翁蓊和谢辞的时空之中,并与翁蓊和谢辞的"过去"发生回应的效果。在以后老王镇发生的故事里,他成为此中的一个角色。

这个小伙子叫华力。

探芳信

华力拎着衣服去了船尾的船员室。关上了门,他才发觉这个空间过于窄小,又短又窄的床,小巧的桌子和椅子,头部几乎碰到船顶,他莫名其妙地感到呼吸急促起来。他脱下湿淋淋的短裤,剩下赤裸的一条,很得意地自我欣赏了一番。这种欣赏习惯似乎已养成多年,在中医学院读书时,踢过了足球,钻到浴室去洗澡,凉凉的水流自头部冲下,他会很自然地为这个健壮的躯体而由衷的高兴。想到将来要去当一个中医,就觉得有些滑稽,中医是这个样子吗?应该像父亲那样文弱、清瘦,指头长长的,指甲也是长长的,那样的形象才与那薄薄的处方笺和瘦伶伶的毛笔相称。但他并不后悔,自小生长在楚地一座称誉为中国三大药都之一的古城湘潭,到处是药行药号药店,以及许多挂着紫檀木横匾的医寓,大街小巷飘袅着浓浓淡淡的药香,一直浸润到他的体魄深处,他渴望像父亲一样张帜于杏林,悬壶济世。

"华郎中，丑死了，快关掉灯。"

他忽然听到了一种声音自很遥远的地方传来，带着很明显的鄙夷与不屑。分明是那个档案员的声音。他的妻子叫纪岚。他顿时觉得索然无味，赶快穿好了衣服。仿佛已极度疲劳，他腻腻地坐在那张小巧的椅子上，椅子"吱吱"地响得很痛苦。他至今已想不起怎么和纪岚相识，怎么恋爱，怎么结婚。所有的过程都成为一片空白，而目的倒是很明确，他们入了洞房上了那张婚床。这只能说明他们的恋爱过于平淡，过于带有某种外力的撮合性。

九年前他从大学毕业后，分到了一所规模很大的中医院，又分到了中医院最好的部门社会治疗科。所谓社会治疗科并不面向社会，只是专给副地师级以上干部诊病，这当然是有人打了招呼。打招呼的是父亲的老朋友、市人大常委会主任纪伟然，在若干年前，父亲曾治过他的顽症，使他怡然自得地活到现在。社会治疗科非常清闲，一周只有两天坐堂值班，其余时间则上门去问诊。那时纪伟然刚刚离休，级别还在，他点名让华力负责他还很健康的身体的护理。时间是星期天。

纪岚那时刚读完电大，在档案局当档案员。华力来的时候，她都在场。华力却并没有怎么注意她，因为她长得太一般化。但她对他却兴趣盎然，问东问西的。纪伟然总是在看过病后说："小华，辛苦了，在这吃午饭。我就去买菜,你们聊聊。"

聊什么?华力觉得时间太悠长,坐在那里局促不安。纪岚倒是口若悬河,谈她的什么档案工作,谈她在国外工作的舅舅,经常出访欧洲美洲,经常有美元和港币寄来,美元和港币又升值多少。

华力想,幸而她的母亲不在世,如果在,恐怕比她的女儿还要多嘴多舌。他说:"小纪,你的谈话真让我无地自容。我们家世代为医,清清淡淡过日子,就知道开处方。啊,我该走了,还有几个同学等着聊天呢。再见!"

他把木木的纪岚撂在房里,急速地走了。这就是他们的所谓恋爱过程。

后来,纪伟然和父亲同时找华力谈话,希望他和纪岚成为一对。纪伟然说我和你父亲称得上是生死之交,我的一条命是他救的,我把女儿交给你,我放心。父亲也说你纪伯伯一直对你很关心,你的上大学和分配工作他都费了心思;纪岚也不错,挺好的。他至今不明白他当时居然很感动,红着脸应允了这桩婚事,并没有发现此中潜藏的某种危机。

直到闹洞房的人都去了,夜已深沉,他为新娘解去层层包裹,然后自己再变成赤条条时,纪岚惊呼起来:"快熄灯,丑死了。"

以后他才意识到纪岚这句话的真正含义。她不愿在灯光下来做这件事,因为面对面时,她产生了一种自惭形秽的自卑心理,那又短又粗的身子和平庸的五官会在灯光的映照下,让华力产生莫名其妙的反差感,而平添自矜。这种自矜,在刚才跳水捞包时又一次得到下意识的显露,华力从周围人和失去坤包的少妇眼中得到被欣赏的快意。他在漆黑中蹿到了床上,开始了一切过来人都熟悉的程序。纪岚说:"你身上有一股药味,很难闻。慢,让我在床上洒些香水。"仿佛奔腾的激流被拦腰斩断,华力跌落在一旁,很疲沓的感觉袭遍全身。待纪岚把一切安排好,这种理性的安排如同整理她的档案,然后主动地来帮助华力恢复已经冷却的情绪。这个过程完成得非常艰难,尽管纪岚气喘吁吁,华力依旧是十分冷静地操作,直至完成。完成之后,他并无什么快感,他闻到了从身上散发出来的药香,越来越浓,漫满了一屋子。这时候船员室的门敲响了。

打开门,站在面前的是刚才失落坤包的少妇,他愣住了。

"老王镇快到了。"

"是吗?"

"你叫什么?真得要好好谢谢你。"

"华力。你呢?"

"翁蕎。你一个人?"

"是的。大概你也是孤家寡人?"

"为什么？"

"假若你有同伴，恰恰又是你的恋人或者先生，就轮不到我纵身一跳了。"

翁蓊开心地笑起来。

"华力，我们做个伴吧。"

"好的。"

"来，跟我到船头去。"

于是，他们并排朝船头走去。

翁蓊很奇怪她会如此信赖一个陌生的男子，她渴望在此时此地有一个漂亮的男伴与她同行，至于他有什么背景皆与她无关。她知道有一双眼睛正在盯着他们，她不在乎。

他们站在船头的栏杆边，看着船头前翻起的雪白的浪花，看着渐渐濡红的夕照，泼红了半条河，染红了河岸上的柳丝。

"翁蓊，你看，那里就是老王镇，依稀可以看见许多楼阁。"

"你来过？"

"没有。"

他们彼此望了一眼，便再不作声了。

华力的目光又转向那河岸上被夕照染得猩红如血的柳丝，成团成块，稠酽得化也化不开，很是惊心触目，便脱口而出:"最消魂,一片斜阳恋柳。"

翁蓊说:"这是南宋词人周密《探芳信》中的句子。怎么,你也喜欢词?"

华力说:"学中医的倒是很看重古典文学,我个人则更喜欢词,词比诗自由,不羞羞答答,遮遮掩掩,没有礼教、理学的迂腐。"

翁蓊的心怦怦地跳起来,脸热热的。她又想起了那座清影子立的小楼,想起王沂孙《醉蓬莱》中的句子:"一室秋灯,一庭秋雨,更一声秋雁。试引芳樽,不知消得,几多依黯。"不过她引的不是芳樽,而是嗑的瓜子。

游船长鸣了一声汽笛,缓缓减速,老王镇终于到了。

相见欢

晚霞最后的一抹飘在老王镇后面的一座山尖上,如炭火的余烬奄奄一息。游船靠拢码头,长长的木跳板,架在船与岸之间,游人开始缓缓上岸。

翁蓊的真皮旅行包已由华力提在手里,他的肩上只有一个牛仔包。

他问翁蓊:"这跳板很窄,你怕吗?"

翁蓊说:"怕。"

这时候他们已走到跳板边了。华力伸出空着的手,翁葰立即很顺从地把手伸给他，让他牵着，一步一步地在跳板上移动。华力先是很轻很轻地握着那只小巧而又柔软的手，感觉到这只手惊喜和羞涩的微颤。渐渐地他稍稍用力，同时，腾出大拇指在上面摩挲，好像絮絮叨叨地说着什么话。翁葰为懂得这种"语言"而满面赤红，这使她想到在大学校园时的某个夜晚，从教室晚自习出来，走到小清湖的一片小松林旁。那天无星无月，路灯也坏了。她想穿过小松林，从一条捷径走回她的宿舍。那时她视力下降得很厉害，眼前只是模糊一片。当然，她现在的视力已经不存在任何问题，一年前在一家大医院由俄罗斯来的大夫做了手术，眼镜从此摘除，那时她还没有去配眼镜。有一只手牵住了她，她心头一颤，她知道他是谁，他牵住她走进黢黑的小松林，空气里弥漫浓郁的松脂芬芳，虫的鸣叫响在他们的四周。她想起了安徒生童话中的意境。她微闭着眼，任他牵引着有如走在一条很长很长的时间隧道里，她希望这个过程无休无止，哪怕走到海角天涯。可惜小松林中的小径很快走完，不远处闪着一盏路灯，他触电似的松开了手。

她的身子一仰，立即无所依靠。这一刻使她有了某种不祥的预感，始终将无所依靠和孤立无援。

他说："你的宿舍快到了，好好休息。"

对，那只是宿舍，而不是家，她差一点要流出泪来。

她此刻也做好了准备，在走完这窄窄的木跳板后，华力也会疾速地松开手。木跳板走完了，华力依旧握着她的手，沿着陡立的石级往上攀。这个河岸的坡很高，长条麻石显得很古旧，如一段古旧的时光，引他们走向半山腰的老王镇，走向一个久已消逝的时代。从高处的一个飞檐下挑出一个橙黄色的灯笼，上写一个隶书的"宋"字。

"华力，你累吗？"

"不累。真的不累。来的时候我看过一些关于老王镇的资料，上到坡顶，就是梯市。什么叫梯市？就是因为过去依山势修街建屋，市井像梯子一样忽上忽下，不平坦。在宋代，虽说是个镇子，但是驻着军队戍防，又离上级衙门所在的城市太远，故成为一个与县衙平级的行政机构。这几年恢复了从前的模样，有衙门、驿馆、戏台、茶楼、酒肆、庙寺，所有部门的人皆着宋服。"

翁蓊用心地听着，像一个什么也不懂的小孩子。

"那么，你来这里做什么？"

华力笑了笑："逃避现实。你呢？"

"逃避孤独。"

翁蓊本想轻松地笑一笑，但笑不起来。

"我饿了。"

"那我们先找一家店子吃东西，好不好？"

"我走不动了。"

"那就先坐下歇一歇。"

"不,叫出租车。"

华力笑了:"别任性。这是宋代,那时候还没有出租车,真傻!"

翁蓊尖叫起来:"你怎么说我傻?我不走了。"

华力装着无可奈何的样子,说:"那么我一个人先走,好不好?你就留在这里等出租车。"

"不,你和我一起等。"

华力放下包,说:"我的大小姐,天晚了,该回家了。"

在他们歇息的这个空隙,一头白发从他们身边闪过去了。

翁蓊说:"那么,你带我回家吧。"

华力重新把两个包拎上和背上,牵着翁蓊,朝梯市走去,他的心里洋溢着欢乐。

华力很多日子没有回家的喜洋洋的情绪了。他弄不明白纪岚的那种优越感从何而来,一个人大常委会主任的女儿,仿佛就有了什么贵族血统,真是荒唐。其实纪伟然不过是一个北方农村的穷孩子,顶着一脑袋的高粱花,后来南下,就穿上了军装,好不容易才当了个地师级干部。后来又有了几块外币,一开口就是你爹给了我们孩子什么,我真不明白怎么会嫁给你,一个郎中,有什么可以得意的,一身的药味。华力的方针是针锋相对,寸土必争。他挖苦她爹连一份文件都念不清楚；挖苦她连一个正经的大学也没考上，读的是什么党政专修班；挖苦她又短又粗的身子其实应该去插田的……

这种争吵旷日持久，"八年抗战"就这么过来了。即使在风平浪静的短暂时日，他们因各自的需要做那种亘古有之的事时，也是极潦草的。没有序曲也没有尾声，高潮部分的内容也极为可笑，纪岚的扭动和呻吟，使华力感到这个所谓"贵族"的自甘沦落，与她平日谈到档案工作的严肃时判若两人，具有一种很强烈的反讽意味。接着是纪岚闭着眼睛噬咬他的肩和胸，咬得很深很重。在一种生痛中，华力有了一泻而快的欲望。他体会到这种噬咬的内在意念，是对他健壮体魄的仇视和憎恨，以及强烈的占有欲的具体实施，但绝对不是毁灭。他觉得他的青春和生命，在被纪岚一口一口地吞噬，却又无可奈何。岳父和父亲的交谊与宽慰，使他不便启齿。

当他们走完高高的坡岸来到梯市，已是满镇灯火了。古香古色的灯笼悬挂在各家店铺门口，不过里面燃的不是蜡烛，而是电灯。店家都穿着宋时的服饰，忙得十分儒雅。不知从哪处楼阁传来琵琶声，如玉珠跳盘，密密匝匝地溅在夜色里，似乎是一支很古老的曲子。

他们走进了一座叫"楚山春"的酒楼。

鹊桥仙

当华力和翁蓊走进"楚山春"酒楼时,谢辞正站在不远处的一团树影后,他看着他们手牵手地走了进去,心尖猛地有了一种疼痛的感觉。在这一刻他还不明白这两个年轻人之间发生了什么样的联系,是昔日的同学?是恋人?是夫妻?他很快予以否定。他开始检查在船上所见到的每个细节,想起当翁蓊的坤包落在河里,她那孤立无援的焦急神情,证明在那个时空小伙子与她还是陌路之人。当小伙子跳入河里去捞那个坤包,他和她才发生了一种旁人难以觉察的联系。以后,翁蓊去船尾,再以后他们一起回到船头,故事早已切入题旨的边缘,到了手牵手过木跳板时则已有了很明显的主题倾向。谢辞唏嘘了一声:"现在的年轻人啦。"他狠狠地盯了那座酒楼一眼,然后去找小吃店,去买旅游图,去寻住宿处。

在一家小吃店,谢辞一边吃着一碗甜腻的小汤圆,一边看着展开在桌上的旅游图,那些标在图上的衙门、书院、歌楼、酒肆、庙宇,使他淡忘了刚才的一切,而沉入一个久远的王朝中去,这些地方他是不可不看的。住处呢,他选中了北宋街的朱子巷,那里有一个叫杏花馆的驿馆,同时又一分为二,甲馆为男舍,乙馆为女舍,隔巷相对而立。至于带着结婚证来旅游的男子,则可去南宋街的桃花馆。

这种布局使他高兴。他知道那一对年轻人只好劳燕分飞，而绝对不能有更多的奢望了。

他住进了杏花馆甲馆三楼临巷的一间房子。当他走进去时，书案上亮着一盏高柄铜座的珠灯，墙角的几凳上搁着一盆金边吊兰，叶片纷披着垂下盆口，墙上挂着仿制的文与可的竹子画轴，书架上搁着一些仿印的宋版书。他为此而激动不已。他放下行李，准备去卫生间洗个澡，推开门，见到的是白色的大浴缸、抽水马桶，以及搁在案板上的旅行牙刷和小拇指粗的牙膏袋，一时愣住了，仿佛走错了时空，便慌忙退了出来，顺手带上了门。他决定暂不去做那些与现实有太多关系的事，尽管桌上的珠灯有古典的外表，而实际上用的仍然是电。他让自己从1990年的初夏溯向千年以前的古老岁月，这在大学的校园，无论如何也办不到。

谢辞在房子里来回踱步，一会儿扳开书案上的砚盖，捏捏插在竹质笔筒里的羊毫小楷笔，一会儿又站在画轴前品赏文与可的竹子，终于有了倦意。到底年岁不饶人，转瞬就快一个花甲了，他惬意地躺到那张雕花床上去，从这边滚到那边，细篾织就的凉席非常舒服地吻着肌肤，然后脸侧向外面，凝视着那盏珠灯。

这盏珠灯并没有让他真正地走进遥远的王朝，而是走进了1958年大学校园一间小小的楼房，正是他和王进的新婚之日。他从琉璃厂购回的珠灯正搁在他的书案上,里面燃着一支红烛。那一片红晕使他想起许多古人的名句:"华堂烛暗送客,眼波回盼处,芳艳流水。""记开帘过酒,隔水悬灯,款语梅边。""红楼归晚,看足柳昏花暝。"王进说:"这劳什子明天就不要用了。""为什么?""我是系办公室的干事,又是党员。你也注意一点,别让人联想到你的地主出身。"他一骨碌爬起来,把珠灯吹熄了,一顺手扔到屋角,玻璃罩子很痛苦很清脆地碎成无数薄片。王进打了个哈欠,说:"睡吧,我很累。"新婚之夜他们的冷静,导致了未来无数个夜晚的缺少生气和激情。王进对这件事真的视为可有可无,这促成了她后来成为一个德育教授的不可遏止的动力,所有的神圣感打破了白昼和黑夜的划分,而无时无刻不存在着。从这一点上来说,她是很忠诚和言行一致的。而谢辞的这一生,笼罩在一种被训导被教诫被监管的阴影之中,即使在王进因子宫癌手术许多年后,终于旧病复发而命归黄泉,那个空空的宅院依然飘动着她的影子。这个德育教授的精神竟然不死,充满了勃勃生机。

王进的子宫癌是结婚一年后发现的,大夫们采取的措施是摘除那个可以繁衍生命和获得人生乐趣的圆巢。她对守候在旁边的谢辞说:"从此我们可以集中精力搞好工作。"谢辞当时就有给她一个耳光的强烈欲望,但系里的几个教师和领导在场,使他按捺下一腔怒火。在若干年后,翁蓊有一次对他说师母根本就不是一个女人，只是一个工具，你太痛苦了的时候，他很惊诧于她的发现。她说她是听一个女教师说的。他说翁蕎你还小，你不懂。翁蕎摇摇头，眼泪溅湿了睫毛。

如果说先前的夜晚谢辞只是缺少激情，但毕竟这件事还有一种存在的价值，而在王进手术之后，他所有的感受是空空荡荡，是无所凭依，是不可到达的茫然。久久不能安睡的是谢辞，他下床去看那些永远也看不完的书，常常灯光亮到凌晨三四点，待把自己折磨得筋疲力尽，再上床去睡。这种境遇使谢辞的治学兴趣转向对词学的研究，从南唐五代的词，直搜寻到清代和近代的词，以婉约为正宗的词风，以男欢女爱为主要歌吟的题材，给谢辞的心灵带来很大的抚慰，使他郁结的情绪能够找到疏导的渠道。在无人处，他低吟某些性意味极浓的句子，"倚郎和袖抚香肌""须作一生拼，尽君今日欢""记得绿罗裙，处处怜芳草"……便能感受到肌体中火的集结与奔涌，并从中悟出诗与词的区别，文人的自我调节和自我压抑，因而在学术界引起关注。对此不以为然，并不时予以讥讽的是王进，她认为谢辞所开的词学课，与她的德育课恰成两个极端，破坏着她讲课的气氛，增加了德育教学的难度。谢辞说你可以向系里反映，禁止上词学这门课。王进厌烦地回击说我有信心，不必要动用行政手段，但你要注意自己的形象，别成为一个现代的柳永。王进放机枪似的吐出一串话后，然后问谢辞拿了工资没有，她去存起来。

"华力——华力——"

"翁蓊，我住这里，真好。我们窗口对窗口。"

谢辞漫无边际的思路被切断了，他听出是翁蓊和那个小伙子的声音，小伙子原来叫华力。这么说，他们分别住进了甲馆和乙馆，而且窗对窗，声音是从二楼传上来的。他跳下床，蹑手蹑脚来到窗子边，往斜下方望去。翁蓊正站在对面三楼的窗前，刚刚洗浴罢，一头又黑又长的秀发纷披在肩上，穿着水红色的露出胸前一大块的短袖内衣，眼睛水汪汪的。不用说他楼下的窗前定是站着华力了。外面好亮的月光，巷道里淌着一条银色的河水。

"华力，你看，这一巷的月光，好像一条银河。"

"雾失楼台，月迷津渡，桃源望断无寻处。可堪孤馆闭春寒，杜鹃声里斜阳暮。"

"现在都夏天了哩。驿寄梅花，鱼传尺素，砌成此恨无重数。郴江幸自绕郴山，为谁流下潇湘去？"

"哈哈。哪里有梅花？哪里有郴江、郴山？更不切了。翁蓊，明天到哪去？"

"去楚天书院好不好？"

"好的。翁蓊，别关窗子，让我们待一阵，好吗？"

"好。"

两个人再不作声了。

很远的地方传来打更的锣声和梆声。

谢辞退回来,坐到床上,莫名其妙地惆怅起来。他决定明天也去楚天书院。

那两个年轻人这么傻傻地互相望着,要望到什么时候呢?

更漏子

梆声和锣声在古镇各处回响,三更了。这里的计时方法古老得让人心醉,给人的感受不是几个更次,而是很漫长的一段光阴在这里重演。华力和翁蓊伏在窗台上,傻傻地对视,彼此的眸子里流出很动人的东西,同时也有一种灼灼的渴望在心里发酵,为咫尺天涯和可望而不可即抱憾不已。他们的相识实在过于短暂,但各自都觉得等待已久,彼此心心相印胜似多年的耳鬓厮磨,"一见钟情"或许是最准确的表述。在1990年初夏的这个深夜,他们都有很古典的情怀、很古典的幽怨,油然念及《西厢记》中的许多细节,可惜没有一个热情的红娘。

翁蓊知道谢辞就住在华力的上面,是在办住宿手续时从登记簿上看清了他的房间号码后,以此而决定了他们所住的位置,这个细节华力当然不可能知晓。她和华力隔巷笑谈,是有意要让谢辞耳闻目睹,而提出明天去楚天书院更是为了引起谢辞的业已淡忘的一段记忆。其实,谢辞一直很完整地保存了这段记忆,时时产生痛不欲生的感觉。在她和华力的对视中,谢辞窗口的灯怯怯地熄灭了,她相信他不可能安然入睡。

三更时的古镇,沉溺在很雅致很轻灵的宁静里,月光凝然不动,带植物气息的凉风漫无边际地浸漫,一切的声音都视为多余。

华力突然从书案的抽屉里,寻出几张八行信笺纸,用毛笔写了几个字,揉成一团,扔过窗来。这个动作使翁蕎赞赏不已,此时不便说话,亏他想出这个好办法来。从地上拾起纸团,展开来,写的是很漂亮的行书:有情花影阑干,莺声门径,解留我、霎时凝伫。这是吴文英《祝英台近》中的句子。华力隔巷朝她点点头,再指指书案和笔,自然是让她也依法炮制。翁蕎兴奋起来,寻出笺纸,歪歪斜斜写道:念楚乡旅宿,柔情别绪,谁与温存?是黄孝迈《湘春夜月》中的名句,脸便羞红,迟疑了一阵,还是丢了过去。

他们像两个顽童,做着不知疲倦的游戏,而绝无人知。在以后的岁月里,各自都完好地保存着对方的手迹,不时翻阅,恍若隔世,那种借古人词语,浇胸中块垒的方式,非一般流行的歌曲可比。

"最怜春梦弱,楚台远,空负朝云约。"(华力写)

"秉烛相看,叹俊游零落,满襟依黯。"(翁蓊写)

"知谁伴、名园露饮,东城闲步?事与孤鸿去。"(华力写)

"袖口香寒,心比秋莲苦。"(翁蓊写)

"记得小蘋初见,两重心字罗衣。琵琶弦上说相思。"(华力写)

"露粉风香谁为主?都成消歇。"(翁蓊写)

华力收到翁蓊的这个纸团时,一时目瞪口呆,"都成消歇"四个字震慑住了他,便有不祥的预感油然而生。这种预感神奇地传导给了翁蓊,她不知道为什么写了张炎《长亭怨》中的这么几句,眼前便觉一片灰暗,她想重写几句,脑子里空空如也,什么也想不起来了,便另写了一个条子:明早九时我们去楚天书院,祝你睡个好觉。扔过纸团子后,朝华力挥挥手,关住了窗子。山地初夏,竟无一点燥热,满屋子清凉。随即,她把灯也灭了。

翁蓊觉得非常非常疲惫,脑子却又清醒得可怕。她知道"楚天书院"几个字,不仅使谢辞难以入梦,同时也开始噬咬她的每一根神经。不过那不是楚天书院,是大学附近的德仁书院,建于清代康熙时。她和谢辞并没有去,只是口头约定去看看。在七年前一个初秋的上午,她去那座院子喊谢辞。王进去市里一家宾馆参加大学德育座谈会去了,会期三天,吃住都包了。

她走进那座院子时顺手把院门关上了。谢辞很激动地把她带进了书房。他们仿佛有了默契,都没提约好去德仁书院的事,都开始等待什么。他给她冲了一杯咖啡,又说她的衣服穿得少了些,秋凉了,小心感冒。她莫名其妙地哭了起来。谢辞慌忙递条小手帕给她,她不伸手去接,只把脸递过来!他就轻轻地给她揩脸上的泪,揩着揩着他停住了手,他看见翁蓊的眼神痴痴的,使他想起"梨花一枝春带雨"的句子。

"翁蓊,你怎么啦?"

"我喜欢你。"

"我已经老了。"

"不,你老得很潇洒。"

"是吗?"

他叹了口气,坐到翁蓊的身边。

小院子寂寞无人声,书房的窗帘拉得严严的,桌上亮着一盏台灯,一如夜晚。

翁蓊突然倒在他的怀里。她在此刻,除了激情之外,还有一种神圣感,她要挽救谢辞。在短暂的慌乱之后,谢辞如一个顽劣的孩子,开始了他久已生疏的一切,青春的气息漫满了一屋子。他们相拥着走进了卧室,严格地说是谢辞的卧室,他和王进早就隔室而居,互不打扰。在这张多年来没有女人气息的床上,谢辞重新得到启示,变得急不可待,但他所有的努力似乎锐不可当而终究一触而溃。

在这一刻,翁蓊领悟了他全部的生活形态,她由同情而生发出更大的耐心,羞赧尽去,变为一种救死扶伤的圣洁。这个过程使谢辞沉溺于对自己不幸婚姻的回忆之中,同时将曾产生过的重建家庭的新鲜念头猛地扼死,他已不能称作男人。

他突然翻滚到一边哭泣起来。翁蓊赤裸地拥着谢辞,说我们可以慢慢来,你可以慢慢地来恢复。谢辞摇着头说,我已经没有信心恢复,我病得太重,请你原谅。他手忙脚乱地穿好衣服,跑到客厅里去了。

当翁蓊走出卧室的时候,谢辞已经正襟危坐,他问翁蓊毕业论文准备得怎样了。翁蓊可怜地望着他,然后默默地走了出去。

这种挽救意识曾持续到她和吴智结婚的时候,但吴智并不需要这种挽救,他疯狂的主动性势不可当,他翻动她如翻动一本没有封皮的书,搓揉着每一个章节,然后迅速地找到那个高潮部分,令她猝不及防。她完完全全地任他主宰,而失去所有的想法。她这才明白男人并不全部靠爱来助燃,没有爱同样可以做这件古老的事。她之所以嫁给他是因为渴望结婚,以消除在大学时所造成的伤痕。她在欲死欲仙之后,总有一种屈辱感,而不久则是吴智对她的冷落,优裕的生活竟与冷落相伴,一个月一张汇款单和冷不丁打来的电话,是对这种冷落的补偿。

五更的时候,她终于睡成一团混沌。

好事近

谢辞带着两眼血丝,赶早来到楚天书院,游人很稀少。这时翁蓊和华力还在睡梦之中。他却是一夜未眠,那一个上午所发生的一切,使他感到羞惭,他第一次看清了自己的丑陋、无能,以及对于为人师表的自责和唾弃。倘若他们去了德仁书院,翁蓊和他的生活将会是另外一副模样。或许,翁蓊留校了,作为一个品学兼优的学生,然后带职在本校修完硕士生的课程,成为一个很好的教师。或许,他真的可以走出那个家庭,和王进分手,再和翁蓊结合。但那个上午他明白了自己无可救药,他不能误了翁蓊的青春。而此后王进暗暗地施行的对翁蓊的报复,他直到王进死前才明白。他明白得太迟,翁蓊早已离开校园,走进了一栋寂寞的小楼,他有一种向翁蓊解释清楚的欲望,看得出她并不幸福,不幸福的女人会有一些奇怪的想法,会走向放任自流。他站在楚天书院门口时,平添庄严的责任感,他应该挽救她。仅仅是挽救吗?他又茫然了。

楚天书院是一座古典式的园林建筑,占地不是很大,但环境却很幽雅,它背靠南屏山,四周有山泉萦绕,林木葱郁,是个读书的好地方。拱楼式的院门上悬一块大匾,写着"楚天书院"几个颜体大字,对联是:鹿豕与游,物我相忘之地;泉峰交映,智仁独得之天。谢辞顿时肃然起敬,在朱熹的文集中他读到过这个联语,实在是很切题的。

进得院门,穿过麻石通道,迎面便是礼圣殿,里面自然供奉着孔子。殿边的石碑上刻着"楚天书院院规":"父子有亲,君臣有义,夫妇有别,长幼有序,朋友有信。"他景仰之余,竟不好意思进去,便绕过礼圣殿,来到集贤堂,这里是教师给学生授课的地方。遥想当年定是一个理学硕儒,在此纵横古今,讲什么治国齐家平天下以及修身、处事、接物的奥义,令听者茅塞顿开而心志归一。谢辞在学生的座位上坐了一阵,再踱到讲台前,准备坐到那个"教席"的位子上去。那个瞬间,他把这里当成大学的教室了,今天该讲《词学》的第几章了呢?

就在这时,有仆役装束的人走过来说:"你不能坐这里,有渎师教。"谢辞慌慌地离开讲台,为自己的冒失深以为耻。

他慌慌地走出集贤堂,又去看了看图籍馆,以及学生的宿舍。宿舍里空空的,他急切地喊"翁蕃"的名字,他在一个傍晚去给翁蕃送一本资料集,已经约定的翁蕃却不在,他有些惆怅。后来才知道,是王进找翁蕃谈话去了。他离开宿舍,在这座书院里各处闲逛起来。初夏的阳光带着些许清凉,到处是古樟古楠,还有不少桃树李树,盈满一院的碧绿。他踱到书院的后花园,竟发现有一个碧池,荷盖高擎,上面有晶莹的露珠滚动,荷苞如箭,尖顶点一抹猩红,煞是好看。他在池边的一个小亭子里坐下来,点着一支烟。翁蓊怎么还不来呢?也许可以找一个机会和她解释一下,将王进临死前给他讲的话复述一遍。一个个烟圈在空中飘浮着,久久不散。在一丛深树丛里,传来黄鹂的吟唱。他微微闭上了眼睛。

王进在两年前垂危的那个深夜,是在自己的家里。她已自知不行,便决意再不花公家的钱,停止了一切治疗,而躺到家中的床上卧以待毙。谢辞很负责任地坐在旁边,读着一本宋词的选集。王进从昏迷中醒过来,喊了一声"老谢",然后说我快不行了,有些话我得向你说清楚。她气喘吁吁地清醒地述说起来。所有的叙述都令谢辞惊诧,他居然从无觉察。

就在翁蓊和谢辞发生那件事的上午,王进在市里参加的会议也提早结束了,吃过午饭,她就赶回了学校。先去教研室,然后再回到家里。这时候谢辞刚刚夹着讲义,走上了讲台,开始了他的词学课,讲的是柳永的词创作与性心理探微。王进走进家门,就有一种异样的感觉,敏锐地嗅出一个年轻的女性遗留在空气中的味道,她开始四处搜寻,如一头猎狗。这种搜寻不带有任何惊慌和痛苦,而是充满了兴奋。在沙发上她发现了一根长长的秀发,很柔软很黑亮，然后掐下自己的头发在台灯下做了精细的比较。她的头发颜色浅得多，且粗硬而枯涩，立即意识到自己的衰老。她把那根秀发装进一个信封内，在上面写着"客厅！沙发上"一行字。她看了看墙上谢辞的"一周记事"，前天的上午和下午他接待台湾的访问学者，晚上是小型的欢迎会，昨天上午有课，下午是校出版社的选题讨论和审定。只有今天上午是闲着的。她很自然地联想到这根秀发的主人只可能是翁蓊，很偶然的几次在家里都碰到这个长得很纯情的小女孩。她开始搜寻谢辞的卧室，在床上她同样发现了几根秀发，并嗅到很浓烈的女性的汗味。两处秀发质地完全一样。她又用另一个信封装好，再写上字："谢辞卧室的床上！"

"王进，对于一个将死的人我不想隐瞒什么，我们确实没有做什么！"

"我知道，你们不是不想做，是你不能做！"

谢辞的身子晃了晃，如遭电击。

王进笑了一笑，笑得很残忍。

王进并没有找谢辞兴师问罪，而是在那个傍晚把翁蓊约到校园一个偏僻的地方，去履行一个德育教授的神圣义务。谢辞去找翁蓊时，她们之间的谈话正好开始。

"翁蓊，你上午去我家了。"

"没有哇，我上课哩。"

"你没有去上课,我问了你们的班长。"

翁蓊无言以对,面对王进,她确实太稚嫩了。

"我很尊重你的感情。但你要知道,谢辞已经五十好几了,你还是个孩子。他还有个家,他能离开我吗?也许他想,但组织上和舆论上不会让一个德育教授失去丈夫,否则,学校曾引以为骄傲的开创性的学科将面临一种尴尬。而且,我也知道,谢辞在这方面已不健全了,他只能这样生活下去,这对大家都有好处,你总不希望你所尊敬的谢辞身败名裂吧?"

"不,王老师。我们真的什么也没有做。"

"但你们想做是吗?只要你告诉我,我保证不伤害你们。"

翁蓊开始愤怒起来,说:"你知道?还要问什么!"

"因为谢辞已经告诉了我,我想核实一下情况。你还是个孩子,他不配你。"

翁蓊伤心到了极点,她没想到谢辞会把这一切告诉王进。她猛一起身,跑了。

"我什么时候对你说过这些?王进,你太自私了。"谢辞几乎要吼起来。

"我承认我自私。但你就不自私吗?你要明白'长幼有序'的道理,我不能让我所创立的德育课毁于一旦,我的丈夫不能是个登徒子。"

"后来,你表面上没有公开这件事,却向系党支部做了汇报,在留校学生的名单中悄无声息地除去了翁蓊这个名字,把她发配回了原籍?"

"一点不错,作为一个女人,我对不起你。但你要面对这种'存在',若是在很早的时候你离开这个家庭,或许有救。但后来不行了,包括社会和你自己的地位、身体都不允许了。在我死了之后恐怕也是如此,你好自为之。谢辞,谢谢你和我在一起生活了这么多年……"

燃短的香烟烧痛手指,顿使他从生痛的往昔回到生痛的现实,一抬头他看见翁蓊和华力正从那个月亮形的园门里走了进来。他们手挽着手,谈笑风生地东张西望。他们找到一个座位,是荷池对面的一条石凳子。谢辞看见他们紧紧相偎,翁蓊突然主动地吻了华力一下,华力一愣,然后两个人的嘴唇粘在一块了。他的嘴上感觉到一种记忆中的甜润,舌子也就动了起来,谢辞深感自己的荒唐。他应该找一个机会和翁蓊谈一谈。

就在谢辞要走过去和翁蓊打个招呼时,翁蓊挽着华力正朝他走过来。谢辞重又坐下,意识到翁蓊是来找他的。但他知道翁蓊领着华力一起来,带有一种示威的性质,也就是说并不想听他的什么解释。他的所谓"挽救",一开始就受到了冷遇。

"这不是谢老师吗?"翁蓊的惊叫有点装模作样。

谢辞慌忙站起来，点点头。

"王老师还好吗？"

"她已经过世了。翁蓊，这位是你的先生？"谢辞飞快地转过了话题。

"不是，先生没在，这是我新结识的朋友华力。"

"哦，幸会。"

"华力，这是大名鼎鼎的谢辞教授，他的《词学》在国内独领风骚！什么情呀爱呀性呀，发人深省。"

谢辞一块脸火烫火烫，嗫嚅着说不出什么来。

"华力，将来你们家的孩子考大学，一定要考到谢老师的门下去。"

华力说："那当然，那当然。"

谢辞明白翁蓊说的"你们家的孩子"这句话的意义，这在告诉谢辞他们就这么着了。这使谢辞痛心疾首，却不得不脸色从容，把它当作平常的话语。

翁蓊说："谢老师，我们到那边玩去了，再见！"

说完，挽着华力款款地走了。

谢辞目送着他们走远，狠狠地说："轻率！"

当他再一次经过集贤堂时，猛想起朱熹的关于"修身"方面的一段训示，"言忠信，行笃敬，惩忿窒欲，迁善改过"，因而竟有一把老泪溅湿在眼眶。

蝶恋花

翁翥和华力走出楚天书院时,不由得松了一口气,仿佛终于摆脱了什么,逃避了什么。书院里那些沉重的殿宇、楹柱、石碑、案几,给他们很森严的感觉,使他们的亲昵和谈笑受到威慑,许多古训在脑海里浮现,便生出自谴自责。

他们决定到野柿岭去,离书院不过二里地,是一个野味很足的去处。他们的选择也许是为了稀释书院留在心上的暗影,但翁翥却更多的是在讥讽过谢辞后,企图获得在那里没有得到的东西。

华力突然想起刚才的一幕,问:"那个老先生,在大学教过你?"

"嗯。"

"你好像并不尊重他。不,简直是仇恨。"

"也许是吧。"

"我想,你们之间定是有什么故事的。"

"你想听吗?"翁翥有了向他倾吐一切的欲望。

"不想听。但我看得出他有很重的病。"

"是吗?"

"他阴虚阳虚,好像不是一个正常人。"

翁翥的脸蓦地红了。

"因而,这个故事我可以大体猜出它的轮廓。"

翁蓊局促不安了。

"其实,我们都不怎么正常。我们都在寻找,也许,一辈子也找不到。"

翁蓊说:"别说了,我们不是相识在老王镇了吗?"

华力猛地捧住她的脸,好好地吻了一下。

这时,有两个古装的马夫,牵着两匹小个子山地马走过来,问他们要不要骑马去野柿岭,十元一位。

华力高兴起来,抢着付了款,对翁蓊说:"上吧,双马并行,可以想见古人风范。"

翁蓊笑了,由华力扶着骑到马上。

山路平整、洁净,蹄声"嗒嗒"地响起来,马夫们在前面牵着马。太阳暖暖地把两个人影叠合在一起,并缓缓地向前移动。他们看见了这个叠影,都有些激动,是一种非常自然的联想引起的激动。他们忽然相互打量,眸子里流出热热的渴望,又兀地羞怯地转过脸去了。

年老的马夫回过头来,对他们笑了笑:"你们小两口,好福气。"

翁蓊说:"谢谢。"

"你们在这里还要玩几天吧?"

"是的。"华力说。

"那么,你们应该重新举行婚礼,地地道道的红轿高马,鼓乐喧天，拜天地，揭头盖。这是新开的旅游项目，花费也不多的。"年轻的马夫抢着说。

"有这个项目吗？华力，你看呢？"

华力点点头。

在1990年的初夏，他们都有一种重新举行婚礼的愿望。不，应该是第一次举行婚礼。他们并不认为这是一个旅游的项目，而是人生之必需。希望在一个古典的洞房和古典的仪式中，重新获得对爱情理想的确定。其实这毕竟是一个游戏，它所有的内容是空洞的，它的模拟性原本就是虚妄的。当然，此刻他们并没有想这么多，他们只为这个形式而喜悦。若干年后，再回味这一切时，感觉到的是很深重的痛苦。

他们到了野柿岭的山下。

华力告诉马夫，下午四点到这里来接他们，给马夫付双倍的脚资。马夫千恩万谢地走了。

四周寂无人声，但清脆的鸟啼却不时响起，使山更幽然。

华力牵着翁蓊沿着一条蜿蜒的山径，朝山上走去。野柿岭果然名不虚传，密密匝匝的野柿树淹没了他们的头顶，枝杈上挂着金黄的鸽蛋大小的柿子，一串一串，鲜亮撩人。华力在前面开着路，让枝条抽打着他的胸脯，如一艘船切开碧绿的波浪。

翁蕎说:"我要吃柿子。"

"好。我给你摘。"

华力小心地摘下一串柿子,递给翁蕎。翁蕎掰开柿子皮,贪婪地吃稠黏的柿肉,一边吃一边惊叫起来:"又酸又涩,好吃。来,你也吃一个。"

翁蕎把一个掰了皮的柿子塞到华力的口里,华力闷闷地笑起来。

"你笑什么?"

华力嚼完了柿子,说:"这应该是女人的专利,酸涩如醋。"

"你坏!你坏!"翁蕎用小拳头捶打华力的胸口。

华力突然抓住了她的手,使劲一拉,翁蕎便拥在他的怀里了。树棵子"哗哗啦啦"一阵乱动,传出折断时的脆响,他们便倒在一块软软的枝叶上。

这个过程充满韵味,使他们感到新鲜,他们都平等地肆无忌惮地展示自己的激情和魅力。各自的背景都一齐省略,他们只有"现在"这个时态。相互的逗引和互相的征服交替进行,序曲和尾声都完整如新。他们都有了死过去又活过来的感受,直到筋疲力尽,并排躺着看飘着白云的阳光耀眼的天空。

翁蕎的眼里充满了泪水。

"翁蕎,你后悔了?"

"不！我太高兴了。"

"我也是。"

"华力，你说这是爱吗？"

华力茫然地说："我不知道。"

翁蓊翻过身，说："何必知道呢？反正我们很高兴。"

"翁蓊，我们结婚吧，我骑着马，带着红轿子来接你。"

"好，我们一起拜天地，我们……"

"我们好好地待在一起。"

"我们要邀请宾客，谢老师就是其中的一个。"翁蓊痴痴地说。

永遇乐

谢辞再一次和翁蓊、华力相聚，是三天后的一个晚上，在古镇繁华街市的芙蓉楼上。这座重檐画窗的歌楼，灯火辉煌，令谢辞想起宋词中所描绘的情景，而忘却了现实的光阴。三天里，他决意再不为一些闲事平添烦恼，一心走进他经营多年的学术氛围。他细细地考察了几处庙宇、楼阁、酒肆，还专门去了衙门，每个细部都做了笔记。他今晚到芙蓉楼来，想领略一下歌者的风姿，听一听配了曲子的词到底会呈现怎样一种韵味。古人说的"唱歌须是，玉人檀口，皓齿冰肌，意传心事，语娇声颤，字如贯珠"，但到底没有亲见。他坐在偏角的一个座位上，心却忐忑然，看看四周皆是陌生的面孔，但此中不会有像他这种身份的人，"狎冶"二字猛地出现在脑海里。遥想宋代虽礼法森严，不也有一些文人红楼听曲吗？便又有些安然了。

就在他的心情慢慢松弛下来时，华力和翁蓊走上楼来。翁蓊眼风一扫，便拴住了那一头银发，她说："巧了，谢老师也在。我们坐到他那里去。"

华力高兴地应允着，便和翁蓊来到谢辞的面前。

当华力和谢辞打招呼时，谢辞好像被人抓住了什么把柄，一时惊慌无语。

翁蓊说："您也来啦。这对您将来讲《词学》一定有帮助。"

"是的，是的。请坐，请坐。"

华力挨着谢辞坐下，翁蓊坐在华力一侧，好久，三个人都没有说话。

翁蓊向一个侍者招招手，侍者彬彬有礼地走过来："各位客官，要点什么？"

翁蓊说："三杯龙井茶。一碟瓜子，一碟花生，一碟红枣，一碟甜姜。"

"好咧。请稍候。"

翁蓊从鳄鱼皮坤包里抽出一张百元大钞，说："剩下的给你当小费。"

侍者说:"谢小姐赏。"

谢辞始终静坐着,微闭着眼。他发现眼前的这个翁蕎已不是从前的那个人,身上的清纯荡然无存,她把甩一张大钞当作很有意味的动作了,倒是身边的这个华力可爱得多。

侍者把所有的东西摆在长几案上,一躬身走了。

华力说:"谢老师,请随便用些。"

"谢谢。"

着各色衣裙、鬓发上插着珠花的年轻女子,手拿笙、笛、箫、琵琶、檀板等乐器在台前就座,听众好一阵骚动。谢辞细细打量,差一点说出"绝色"二字来。不一会儿,又有一个着水红裙衫、眉清目秀的女子站到乐班跟前,这自然是唱曲的歌伎了。她向台下的听众道过"万福",报出的曲目是柳永的《雨霖铃》。接着凄美的音乐响起来了,着水红裙衫的女子微启朱唇,星眼流情。谢辞凝神谛听,忘却眼前的一切,归回那个久远的年代。

寒蝉凄切。对长亭晚,骤雨初歇。都门帐饮无绪,留恋处、兰舟催发。执手相看泪眼,竟无语凝噎。念去去、千里烟波,暮霭沉沉楚天阔。

多情自古伤离别,更那堪冷落清秋节。今宵酒醒何处?杨柳岸、晓风残月。此去经年,应是良辰好景虚设。便纵有千种风情，更与何人说？

掌声一片，有人喝起彩来。谢辞没有鼓掌也没有喝彩，他沉醉在这个凄美的曲牌中不能自拔。在几年后的一篇名曰《宋词的演唱环境》论文中，他在大量的资料考证之后，真实地写了一段在芙蓉楼听曲的感受。翁蓊的眼睛湿湿的，她为千古如常的人际别离而感动。她和谢辞在校园的最后一次见面，又浮现在眼前，"此去经年，应是良辰好景虚设"，恰似是她别后生活的写照。

此后，不断地有绝色女子上台下台，唱周邦彦的《瑞龙吟》，唱李清照的《声声慢》，唱陆游的《钗头凤》，唱姜白石的《扬州慢》，唱吴文英的《忆旧游》……整个芙蓉楼都变得酥软、娇娜、缠绵、凄婉起来。谢辞想，此时此地任他是刚肠厉胆，也会要淹没在这儿女情怀之中。他偶一侧瞥，看见翁蓊把身子靠着华力，华力正抓住她的一只手在摩挲，他又慌忙目视前方。

"谢老师，"翁蓊轻声说，"明天，我们结婚，请你来闹洞房。"

谢辞一愣："结婚？"

华力说："是一个旅游项目，请你来助兴。翁蓊就认识你一个人，其余的宾客都由旅游公司安排。"

翁蓊喃喃地说："不是的。是真的结婚，请光临。"

谢辞说:"好吧。"

又听了一阵,谢辞站起来,说有点疲倦,先回去休息了。

翁蕊的头拱在华力的怀里,如醉如痴。

烛影摇红

1990年初夏的这个傍晚,原本可以很畅快地进入一个古典时空的谢辞,却顽强地伫立在现实之中,决不肯屈从于华力和翁蕊的调遣。

昨夜从芙蓉楼回到甲馆时,所有在楼中获得的宋代余风流韵一扫而空,他为他们所称的"结婚"而愤懑,尽管他知道这只是一个游戏,但这个游戏所呈现的意味让他坐立不安。翁蕊走到这个地步,他自觉有不可推卸的责任,尽管此中有不少的误会。她的强烈的报复意识,以及对痛苦的婚姻生活的反叛,促使了她与华力的一见如故。他们外表的亲昵和毫无顾忌,推想到有更深入的接触。如果说,他和翁蕊的过去还有情爱可言,只是因为性的无能而毁于一旦,那么,翁蕊和华力则只有后者而独缺前者,这似乎是现代人一种更为严重的性的迷失。他和王进当然是全无,空空荡荡,不死不活就这么过来了,但似乎都有异曲同工之妙。他希望能有一个法子给他们以警示。而且他已成竹在胸，不妨做一次最后的努力。

谢辞站在三楼的窗前，看着喜气洋洋的迎亲队伍，在晚霞烘染得到处轻红一片中，身着艳丽古装的翁蓊顶着红头盖上了花轿，看着身穿大红官服头戴乌纱帽的华力骑到一匹白马上。鼓乐班子在前面开路，一个个忘情地吹打，唢呐高亢地吹着《贺新郎》的古曲，花轿后是抬着礼盒的仆从。古香古色的迎亲队伍拥出朱子巷，上了北宋街，去古镇逡巡一番后，重将回到甲馆来。甲馆中有一处庭院早已张灯结彩，布置出一个古典的洞房。由旅游公司安排来的宾客（不少是自愿参与的游人）皆着古装，聚在厅堂里等着祝贺新人。他今天上午收到了正式的请帖，大红的，很宽大的一片，同时还送进来一套宋时的儒装。他让它冷落在桌上，他决不穿，他不会傻乎乎地进入那个古典的充满诱惑的氛围。他要为朱子巷一哭。

但当华灯初上，迎亲的队伍在鞭炮声中重新返回甲馆时，谢辞又急匆匆去了那座庭院，但他没有进入厅堂，他站在门外的一棵大桂树后，偷偷地打量厅堂里外的一切。他目睹在疯狂的鼓乐声中，顶着红盖头的翁蓊由两个伴娘搀扶着，娇柔无力地走在铺着一层布袋的廊道上。古俗谓之"传代"，因"代""袋"同音。裙下露出一双小巧的红缎鞋，在灯影里令谢辞心跳不已。华力引着翁蓊走进了喧闹的喜气横溢的厅堂，那里红烛高烧，"喜"字高悬。随后的一切仪式皆如古籍中所言，礼官司仪，拜堂，揭盖头，喝合卺酒，然后新人进入洞房，众宾客一拥而入，欢声四起。谢辞在院中的一处树影中找到一个石凳子，坐下来吸烟，吸得又狠又急。而此刻华力正四处张望，企图看见谢辞这个唯一的他们熟悉的面孔。

宾客陆陆续续退出来，厅堂里渐渐归于宁静。一个形式毕竟是很潦草地结束了。新房的门掩上了，谢辞仿佛听见木闩插上的声音。他焦躁地在庭院里踱来踱去，终于走出庭院，去找一个可以打电话的地方。

洞房里只剩下坐在绣床边的华力和翁蓊，龙凤高烛在书案上燃烧，红红的蜡油汩汩流下来，他们的目光都染着红晕，彼此对望，都有一种新生的感觉。

"翁蓊，谢老师没有来。"

"不，他会来，只是你没有看到。"

他们又开始痴痴地对望。奇妙的时空倒错和虚假的逼真情境，使他们为这个古典的仪式深深感动。华力依稀记得他出身微贱，此后发奋读书，终于金榜题名，得以衣锦还乡缔结秦晋之好。而翁蓊觉得郎君俊美而才高八斗，以致终身有托了。他们都有了一种渴望，希望吹熄龙凤高烛，落下红罗帐。但厅堂里不时有仆妇的脚步声响起，时间还早，初更还没有打哩。

华力说："时间过得好慢。我都等不及了。"

"我也是。"翁蕊笑了笑，笑得很娇媚。她把柔软的身子靠过来，华力喜滋滋地拥住了她。

华力说："有一首无名氏写的《少年游》，写的就是今夜的情景，你记不记得？"

"不记得，你给我念念。"翁蕊娇嗔地用头发擦着华力的脖颈。

"好，我给你念。'歌喉佳宴设，鸳帐炉香对爇。合卺杯深，少年相睹欢情切。罗带盘金缕，好把同心结。终取山河，誓为夫妇欢悦。'"

翁蕊眯着眼睛听得身子微微摇晃，说："将来，我要给你生个胖小子。"

"好的。要多生几个。"

"我会的。"

翁蕊缓缓地把身子倒在床上，把穿着红缎鞋的脚伸到华力的膝上。

华力急速地给她脱下鞋子，把脚用手握着，轻轻地抚摸。

"今天走累了吧，脚疼不疼？"

"真无聊，一双脚有什么可看的！"

华力一惊，转脸看着翁蕊，她正闭着眼，一张脸红红的，艳若桃花。她什么也没有说，分明是纪岚的声音。纪岚顶不喜欢华力这一套，她把脚缩回去，狠狠地瞪了他一眼。他的手下意识地停了下来，感到一种羞辱。

"我要嘛，我要……"翁蓊喃喃地说。

华力的思路又回到老王镇这个古典的洞房里来。他开始给她脱下粉红色的袜子，为那双很白很嫩的脚而激动。他不明白他怎么会有这种癖好。

红烛的光渐暗，有烛花爆裂的声音脆响。

不远处的梆鼓敲击着一个初更的静夜。

华力的眼中闪出异样的光彩。

就在这时候，门敲响了。

"谁？"华力愤怒地喊道。

翁蓊蓦地坐起来，惊叫："我们花了钱的，他们敲什么门？"

敲门的声音执拗地响着。

华力只好跑去开门。打开门，几个干部模样的人走了进来。

"你们的项目结束了，对不起。"

"不是要到明天早上吗？"翁蓊问。

"那是对于持有结婚证前来旅游的夫妻。"

"我们没带结婚证。"

"不，你们只是普通的游客。"

就这样华力和翁蓊从那个久远的年代走出来，如同做了一个美梦。现实的严酷性，使他们又回到自己的角色上来，他们只是两个普通的游客，即将要得到的一切，顷刻间化为乌有。

他们不知道是谢辞的一个电话，结束了他们关于这一场游戏的全部幻想。

仆妇们进来整理房间，以迎接另一场游戏的开始，当然是在明天或后天的傍晚。

等到他们回到各自的房中，桌子上的一张白色帖子，使他们目瞪口呆。意思是谢辞先生明日升堂审理案情，他们应邀作为"被告"，请莅临。帖子是旅游公司派人送来的。这是老王镇的规矩，人人都有参与的义务。

他们相对站在各自的窗前，神情很复杂。

翁蘅忽然对着谢辞那个漆黑的窗口，恨恨地说："谢老师，我们会来助兴的。"

说完，关上了自己的窗子。

她愤怒地脱下那身新娘的装束，扔在地板上，用脚狠狠地踹了几下。这就是付了一千元的一场游戏，如此简单又如此草率。她和华力正办手续时，古装的小姐很现代地问："你们有结婚证吗？"

翁蘅说："忘记带了。"

"那不要紧，交款吧。"她笑得很隐晦很通情达理。

为此，翁蘅和华力充满了感激之情。当今世界这样的事实在是太多了，大概是因为不幸福的家庭太多了。此刻，她的脑海里还回荡着响亮的敲门声,这种声音有一种象征的意义,在以后的日子会不时地响起,使她重温霎然一惊的感受。

青玉案

谢辞的升堂审案,是在第二天上午太阳升起来后开始的。

在隆隆的鼓声中,谢辞穿着七品县令的官服,摇摇摆摆地走到大堂前的长条形案前,威严地扫了一眼堂下。衙役们两旁侍立,撑着红漆板子,口里一齐发出森严的"啊——啊——"的怪声,使人毛骨悚然。谢辞知道头顶上的匾额,写的是"明镜高悬"四个大字。身边的刀笔吏很职业化地提醒他该敲击惊堂木了,谢辞似乎没有听见,他还沉浸在一种从未有过的新鲜体验中。他为这个旅游项目的奇思妙想钦佩不已,它可以让不同的人得到不同的满足。羡慕官势官格的,可以一展威严,让压抑多时的自卑心理在顷刻间得到淡化;有冤情的可以喊冤,以求得到公正的处置,感戴青天大老爷的山海恩情;卑鄙小人可以沐猴而冠;失位的尊者可以重温旧梦……谢辞属于哪一种呢?他说不清。但当翁蓊和华力被传进大堂,在一声断喝"跪下"的威逼下,不得不双双跪在方砖地上时,翁蓊心想一个性无能者最能在这种场合倾泻他的心理能量。但此刻谢辞看着清晰的方砖地,听着衙役的怪声,平添一种治国医世的神圣感。这种神圣感与他在芙蓉楼听曲并不矛盾,亦如他在大学校园所呈现的两种心态的和谐相处。

谢辞猛一拍惊堂木,拼力喊道:"把被告翁蓊、华力带进来!"

整个大堂静如坟场。大堂外观者杂沓而来,皆屏息不敢出声。

翁蓊和华力被带到堂下,双双跪下。

原告呢?原告是谁?那个位子上空无一人,当然是找不到原告这个演员。这种原告空缺的情节,在以后华力终于悟出了此中的内涵,其实原告的抽象性正表明他的无处不在,人们在自己怀着卑鄙念头的同时又希望世风纯然清明。

翁蓊抬起头来望着穿着官服戴着乌纱帽的谢辞,觉得他外强中干。华力也好奇地抬起头来,为这个新颖的游戏而兴趣倍增,但随着审理案情的进展,他真的发现自己有了某种犯罪感。

谢辞说:"你们可知罪吗?"

翁蓊说:"不知!"

谢辞一拍惊堂木:"大胆!人家都把状子送来了。念!"

刀笔吏捋捋鼠须,抑扬顿挫地念起来。以往的状子都是几句背得烂熟的话,而今日这个状子却是出自谢辞的手笔,写得实在是精彩。以后这份资料就留在旅游公司了,作为这个旅游项目的必用"道具"。"查人犯华力、翁蓊,各有家室,擅自私逃,苟且于山林,不轨于古镇。书院调笑,令圣贤变色,有渎程、朱之学;郊野狎游,开颓风先河,顿失人伦之序。更有甚者,摒媒妁之言,弃父母之命,戏定终身,伪行大礼,伤殒风化,天怨人怒,长此以往,国将不国!吾侪痛心疾首耳。"

大堂外响起一片喝彩声。

这个游戏的结尾本应该非常简单,"犯人"认罪,画押,然后县官退堂。但这个游戏过于认真,已有了形式之外的旁人不知的内容,此中的人物深陷其中不能自拔,于是这个过程便延长了。

翁蓊忽然喊起"冤枉"来,衙役们又发出奇怪的"啊——啊——"的声音。

谢辞喝道:"你有何冤?难道状告不实?"

"状中所写,并无虚词。但这个事件的发展,要追溯到七年之前,当时我正在大学读书。"

谢辞的脸顿时变色,连连拍响惊堂木,想制止翁蓊说下去,但刀笔吏和衙役们为这个场景更加真实化而欣喜,这不是最好的旅游广告吗?

谢辞厉声喝道:"与本案无关的事一概不谈,你们认罪吧。"

华力说："认罪。"

"不！"翁蓊说，"往昔可以不谈，但你到芙蓉楼听曲，可也是有伤风化？！"

"荒唐！荒唐！"谢辞的脸憋得通红。

"这岂不是只准州官放火，不许百姓点灯。虚伪！"

谢辞蓦然站起，吼道："咆哮公堂，无视官长，拉下去，各打四十板！"

观者欢呼起来。华力突然感到悲哀，他想倘若他的父亲和岳父在人群中，也定会大声欢呼的。这个时代的悲剧性，就如此真实地存在，令人不寒而栗。

翁蓊和华力被按倒在地，不过"噼啪"的板子响得虽很恐怖，却并不落在他们的臀部，而是板子与板子相互拍击，声音却是真实可信的。在板子声中，他们受到了威慑和震撼。这个所谓的游戏竟会产生这样强烈的效果，是他们始料未及的。他们开始后悔，后悔不该来助这个兴。生活中的许多游戏，往往具有很严肃的含义，只是人们不可预知。

谢辞高喊一声"退堂"，这个旅游项目终于走向结束。

谢辞、刀笔吏和衙役退到后堂去了。他们去更换衣服，走出角色，回到1990年初夏的现实中来。

大堂上就剩下了翁蓊和华力，他们感到非常疲惫，感到苍凉。彼此相望,羞愧地低下头来。他们没有说什么,什么也不想说,甚至觉得有了一种很深重的陌生感。

华力挣扎着爬起来,双腿麻木,跪得太久了。他伸手拉起翁蕊,翁蕊身子好久都没有站直,他准备去扶她,她摆了摆手。

他们并排走出了衙门。

看热闹的人群中,兀地走出一个高个子青年,穿着很昂贵的衬衣,戴着一副很漂亮的眼镜。翁蕊惊愕地喊道:"吴智,你怎么来了?"

华力局促不安起来。他猜想吴智是翁蕊的先生。

"我打电话到家里,电话里你的录音说你到老王镇来了。我这几天没事,就乘飞机到了相邻的外省城市,再雇了一辆奔驰车赶到这里。一路问到这个衙门,正好看见你们在玩这个游戏。这位是谁?你新结识的朋友?"吴智很不屑地看了华力一眼。

"不……不。来这里的游客都可以参加的。"

"是吗?"

翁蕊的眼神黯淡下来,同时还有点惊慌。

华力望了望她,说:"再见!"径直往前面走去。

翁蕊伤心地望着渐行渐远的华力,心里说:一切都完了。

吴智大声说:"依依不舍吗?他养得你起吗?每月五千

元的开销,还有你爹你娘的生活补助费。哼,走吧。今天,我们就赶回去。"

像一个被押解的犯人,吴智紧紧跟在翁蓊后面,走向杏花馆,去取她的行李。

如梦令

翁蓊离开了老王镇,在吴智的监督中,她不可能来向华力告别。华力只是从微开一缝的窗子里,看见翁蓊在清点行李,不时讨好地和吴智说着什么。吴智在悠闲地抽着烟,态度很冷漠。当她一手提起那个真皮旅行包,一手挽着那个坤包将要动身时,吴智抢先走出了房门,他居然不去帮着提包。华力觉得翁蓊很可怜。翁蓊将要走出房门了,她突然把坤包甩了甩,那意思是说"再见",她一定知道对面的窗子后站着华力。

就这样翁蓊走了。他们之间所有的现实联系从此消泯。因为这几天他们没有互问家事互问地址,也没有山盟海誓。他们既不是恋人,也不是情人,更不是夫妻,只是在老王镇和1990年初夏这个时空的交叉点上蓦然相逢。没有过去,也没有将来,但是,却有不可排斥的痛苦。在回到自己那个生活圈子后,华力逐渐地明白,那种古典式的婚姻理想在现实中早已不可寻觅,老王镇的那个游戏正是尘世生活的对照。尽管繁华的城市有越来越多的舞厅、卡拉OK厅、桑拿浴、情人室……但性的迷失却并没有减轻。

谢辞走时，作古正经地来和华力道别。他显得怅然若失，脸色很不好。他送给华力一本书，荒诞的竟是王进所写的《论社会主义德育教育的新秩序》。这当然不是他有意带来的，而是夹在他带来的一叠书中间。他想送自己所写的《词学总论》，又觉得不妥当，就送了王进的这本，年轻人看看也许有些好处。

华力接过书，表示谢意，然后说："谢老师，我是个中医，恕我直言，你有很重的病。"

谢辞坦然地说："是的，不过，没法子治了。"

华力理解地点点头。

谢辞终于觉得没什么可说的了。

"再见！"华力说。

"是的，我该走了。"

谢辞缓缓地走了。阳光下他的影子很单薄，仿佛一阵风就可以把它吹走。

华力在老王镇又住了几日，他重新去了楚天书院、野柿岭、芙蓉楼、"楚山春"，以及他和翁蓊的"洞房"，他清醒地站在1990年的初夏，以一种旁观者的眼光，苛刻地审定这座古老的镇子，发现了此中令人警醒的荒诞意味，几乎想大哭一场。

他告别了老王镇,他想这辈子是不会再来了!

他又闻到了从身上飘散出来的浓重的药味……

《小说月报》(原创版)2010年3期

鲁小冰的湘军秘史

篇前语

历史研究所湘军史料室年轻的资料员鲁小冰，常为自己为何报考历史系而大感不解，以致在毕业后分配到这个充满呆板而衰败气息的地方悔疚不已。

鲁小冰长得十分灵秀，淡眉星眼，细腰削肩，天生一个美人坯子，本应该出落成一个走红的影星，或是一个外事场面的翻译，却不得不整天与发黄的史卷图册长相厮守。

她喜欢穿色彩绚丽、款式新颖的服装，喜欢化妆，喜欢自个儿从心底迸出脆亮的笑，这一切与驮着发黄线装书的大书架，与堆满卡片索引的大书案，形成强烈的反差。鲁小冰心想，这是一种现实与历史的对峙，说不准哪一天，她会被历史消解掉，而成为历史的一部分。

她的几位年长的同事，弓背曲腰，瘦而薄的手背上青筋凸暴，脸上充满史证似的肃穆，他们永恒地沉溺在对历史的寻觅中，而浑然不知时间的流逝。

这一点使鲁小冰噤若寒蝉。

每当他们听见鲁小冰的笑声,或一瞥她从眼前飘闪而过的影子,便产生一阵恍若隔世的惊栗。那种惊栗立即会传递到鲁小冰的心尖,让她感到痛如针锥。

鲁小冰毕竟过于年轻,她活跃的思维还暂时与历史的凝固状态难以同步,对那些散发着血腥与死亡气息的所谓史料充满本能的抵抗,她有着太多的属于少女的浪漫情绪。浓郁的浪漫情绪,使她对那些遮遮掩掩、删删削削的历史记录产生深切的怀疑,认定在那些谓之确凿的铅一般沉重的文字下,压死过许多鲜活的人生百态,扼杀过许多有血有泪的真实景况。

于是,她在无可奈何地梳理乱如麻的史迹之中,思维常常游离于史证之外,填补许多稀奇古怪的臆想。这一点令须眉皆白的老所长十分伤感,甚至捶胸顿足,如丧考妣。

老所长开始撰写一篇关于考证湘潭吃官仓由来始末的论文,他把鲁小冰找了去,让她查阅汇编关于此方面的史料,务必翔实、细致。

鲁小冰只是随意地点了点头。

鲁小冰走出所长室,便一头钻进尘封的史料之中。她没有料到她会如此快地切入老所长的命题,在连缀那些散乱的史料时,她又一次带着一种少女缱绻的情怀,进入一个她认定十分真实感人的故事。她以最大的激情完成了所有的工作,只是在资料汇编之首,用了一个令老所长不快的题目:《吃官仓考》。

子　史料:《潭城史乘》卷四之八·吃官仓

自湘军破金陵,尔后遣散归故里,人众而气骄,官府亦作谦让状。又各积存资财,多寡不一,数年后,因耗费无度,抑或不事生产,此中多人陷困顿之境,以致衣食不周。恃其曾有功于国朝,遂向官仓强借米粮,寻衅闹事者时或有之。

潭城系湘中南粮米集散之地,故设有官仓数座,以备不时之需。

强借粮米者,邀友善者多人,堵住官仓大门,使运粮之车不得通行,尔后横卧于地。守库兵卒不敢驱赶,乃请库守官员甘言劝慰,不从。乃飞报县衙请县宰莅临,亦不动分毫。县宰遂怫然变色,令放车。铁皮木轮之大车载近千斤之粮米,从卧者腿上辗过,血肉淋漓,惨不忍睹。有桀然呻吟者,众鄙其怯弱,哗然而散。有铮然如常者,众钦其强悍,喝彩不已。众迫县宰延请良医前来疗伤,并允其借粮米若干。初不从,众拼力相搏,几成大乱,竟有殒命者也。遂有城中各方闻人与县衙调停,拟成定例:凡吃官仓者,车过而不呻唤,候医而不惊乱,接骨而不言痛者,发予一终身米券,治后而成瘸跛者,必优抚而再发予一终身米券。后虽间有强借粮米者,成事者鲜少矣。

接骨治伤者为金振声,曾执役于湘军营中,神医也。

强借粮米者多为尚武之辈。亦有文弱书生时梦宽,其父为老湘军,于破金陵后之二十年,时年十八,竟因吃官仓而闻名遐迩,乃一奇事。

丑 鲁小冰的臆想

湘军攻破南京城,随即被遣散归回故里,时为1864年。鲁小冰从"现在"很轻盈地走进1884年初春时节的湘潭城,古香古色的街市,氤氲在很浓郁的春意之中,刚刚下过一场略带寒气的小雨,麻石路面晶洁如玉,她看见自己俏丽的影子在上面袅娜地移动;路边不时闪过一树粉红的桃花,或是一树洁白的李花,微风吹过,如蝶翅般飞落一瓣两瓣。

长长的街市上,一家接一家地排着酒肆、钱庄、当铺、南杂百货店、铁匠坊、木作坊、伞铺、装裱店、书画店,当然还有秦楼楚馆——临街的廊楼雕花木栏杆前,站着很古典的美人,环肥燕瘦,眉尖微敛,似聚着许多离愁别绪。

鲁小冰立即十分感动地想起词人张履信《柳梢青》中的句子:燕语侵愁,花飞撩恨,人在江南。

街市上人渐渐稠了,夹杂着车马舆轿,只是男人背后像牛尾巴一样的辫子,使鲁小冰毫无顾忌地笑起来,旁边的人对她的笑茫然不解，齐齐地望着她。鲁小冰慌忙隐入人丛中去。

湘军的辉煌历史在二十年前就画上了句号，那场旷日持久的战争早已无影无踪，百孔千疮的古城早已再现繁华，历史总是不断地被生机勃勃的现实所取代，然后再一次成为历史。

鲁小冰从口袋里掏出一张梅红帖子，手里像落了一层薄而艳的梅瓣。她不知道时梦宽为何将这俗称为"英雄帖"的东西带给她，也许他知道她正在为老所长汇编吃官仓方面的史料吧。

她打开两折的帖子，上书某年某月某日在四大官仓的天字仓门前（其余为地字仓、人字仓、和字仓），湘军后人时梦宽要向官府讨个"终身"，届时请鲁小冰女史（多好听的名字，比"女士""小姐"之类雅多了）出面以壮声色。

鲁小冰顿时激情飞扬。

鲁小冰快步朝城郊的天字仓走去，她的小巧玲珑的枣红色高跟鞋，"咯咯咯"地敲着路面。她已经不习惯走很长的路了，她想打的士去，愣了一下，才想起在1884年的湘潭还没有的士这个东西。那么雇一辆马车或一头驴吧，也没见。这时她才发现街市上人头攒动，别说驰车跑马，连行走都显得拥挤不堪。各种各样只从图册上看到过的服饰，就那么真实地展现在鲁小冰的周围，鲜活、生动，绝无书页上飘散出来的衰朽气息,历史在这一刻变得可视可触。

身后忽然发出山呼海啸般的欢呼声,人流断然向两边分开,鲁小冰也被裹挟着推到一边。有人说:"吃官仓的时梦宽来了!"

不知道为什么,鲁小冰的心突突地跳起来,脸颊艳若桃花。她还没见过时梦宽,只闻说他是个文弱书生,却怀有一腔英雄气,要去吃官仓!

时梦宽走过来了。个子高高的,瘦瘦的一条,脸白而略带青色,眼眸含着一点润湿,与那种憨蠢汉子绝无相似之处。

他的打扮是约定俗成的:身上半穿半披一件七成新的绸大褂,很夺目的湖蓝色,因身子的文弱,绸大褂晃晃荡荡,多余出不少空间(鲁小冰一眼看出这绸大褂不是时梦宽的,可能是他父亲的遗留物);右手高擎一个鸟笼子,里面不停地跳跃着一只画眉鸟。在他的身后,簇拥着一大群壮实的汉子,与时梦宽成为鲜明的对比。

时梦宽感应似的转过脸,正好与鲁小冰的目光相对。他愣了一下,然后朝鲁小冰点点头,仿佛是旧时相识。

鲁小冰也慌忙点点头,算是回答。

一刹那间,鲁小冰有了一份沉重的担心,有了一份缠绵的怜惜。按年纪算来,她比时梦宽年长五岁,她不明白这个小弟弟为什么要去吃官仓,家境自然是有些窘迫,但也犯不着用生命去换一份滋养生命的米粮，大概还有什么别的不便明言的隐衷。鲁小冰在心里说：你可以告诉我，或许我可以想想办法。

时梦宽又望了她一眼，再次点点头，分明是让她放心。

街市上不时地发出欢呼声、鼓掌声，鲁小冰敏锐地觉察到这种社会情绪的内涵：贫富不均，分配不公；官府的贪赃枉法；世道人心的高深诡幻。

而吃官仓这种形式，正是对这一切的合理合法的抗争，这不触犯祖制，亦不冒犯国法。尽管这种形式的确立，为官方与民方所接受，其目的仍在于"杀一儆百"，吃官仓成功者又有几人？但社会情绪却愿意通过这种形式予以倾泻，予以报复。鲁小冰立即想起一种叫"政治"的东西。

鲁小冰随着人流来到了天字仓大门前。她踮起脚看见领头的时梦宽堵住了大门，一辆装满一袋袋米粮的铁皮木轮大车戛然而止。一个蓄着几根黄须的库守官员慌忙跑出来，一脸的谄笑。

"英雄尊姓大名？"

"不敢。姓时，名梦宽。"

"看你年纪轻轻，何必走这条路？大车压过不伤即残，你要三思。"

时梦宽把头拗了拗，当众将绸大褂一脱，摔给后面的汉子，再打开鸟笼将画眉鸟放飞，然后踩碎鸟笼。"请大人把县宰请出成全小人。"

立即有库兵飞报县衙，坐着四抬大轿的县宰也很快来到现场。

鲁小冰深知这是一套程式化了的过程，如同京剧程式的一成不变。只是这一幕悲剧往往强造出喜剧的气氛。

这个县宰姓黄，已经很老了，步履蹒跚，但那双眼睛依旧余有凶光。他为什么还不告老还乡以弃政事？

按程式，吃官仓的人二话不说，脱下长裤，仰天一卧，高喊一声"请县宰大人放车"就行了。

鲁小冰发现黄大人和时梦宽对视了好一阵，双方的眼里火光跳动，仿佛有不共戴天之仇。

"你是时朴之的儿子吗？"

"正是。"

"时朴之不是早归道山了吗？"

"他的仇人还活着。"

"你小小年纪吃什么官仓？"

"我愿意！我想！请大人放车！"

时梦宽说完，脱下长裤，往地上一躺。

众人高声喝彩。

县宰断喝一声："放车！"然后，便上轿走了。

鲁小冰闭上了眼睛，她不忍看这惨烈的场景。

她的耳朵却逃不开任何细小的声音，她听见粮车铁皮包的轮子隆隆辗过来，有如响一路惊雷，接着是很瓷实的一响，有骨头碎裂的脆响杂陈其间。鲁小冰惊恐地尖叫了一声。她没有听见时梦宽的呻吟声，随即而来的是惊天动地的喝彩声。接着，声音凝固成一片肃静。

鲁小冰微微睁开眼，但前面是一片密匝匝的人头，使她无法看到躺在地上的时梦宽，无法看清那两条血肉模糊的并不健硕的腿。

候医的时间一般需要一至两个时辰，但不到一个时辰，便有一辆马车飞驰而来，停住了，从上面下来一个蓄着美髯的老者，提着一只藤编的药箱。

鲁小冰长长地舒了一口气，她知道来的是城中著名的大夫金振声。金振声在众人闪开的一条缝隙中走向时梦宽。

鲁小冰索性挤出人丛，静静地立在远处。正骨、上夹板，这剧痛时梦宽受得了吗？

不远处正开着一树桃花，十分鲜艳，不是粉红，而是猩红，如血。

不久，鲁小冰又听见了宏大的欢呼声。时梦宽闯三关，没有哼一声，吃官仓吃成了！

她向那一大堆人跑去，她想看看时梦宽受伤后的样子。

寅　史料：《正骨余墨》之一八九面

某日晨，时府之老家人时福至，告吾亡友之子时梦宽欲去吃官仓，遂大惊。问其因，家虽清贫，亦不致行此下策，乃为寄居时府一年之缝穷（注：以替人缝补破衣裳为生之职业谓之缝穷）母女也。又言此妇酷似其生母。时福匆促去，遂令人备马车于门外，以备速至而疗伤，并私忖正骨前先以银针扎其穴位，镇痛也。

卯　鲁小冰的臆想

1883年初春的一个下午，在通往湘潭城的官道上，散乱地奔走着一群衣衫褴褛的逃荒者，携幼扶老，肩担车拉，号哭声不绝于耳。

鲁小冰正随着母亲，赤着脚，挎着一个印花布扎成的包袱，走在这支队伍之中。因臆想的神奇作用，她已成了另一个人：刘小青。

此时的刘小青只有十六岁，身材、脸相与鲁小冰毫无二致，但脸上抹着一层楚楚动人的凄凉。

她随着母亲从岳阳洞庭湖边的汪洋大泽中挣扎而出，汇入这支逃荒的队伍。她的父亲和哥哥在大堤决口时被卷入虎狼似的洪流，连一句话也没有留下，就到另一个世界去了。她的母亲领着她奔向湘潭,她们依稀记得城里有一户远房的亲戚,叫什么,居何处,皆不得而知。

鲁小冰,不,是刘小青赤着脚,走在泥泞路上,她很爱怜地看着自己光洁的踝骨,窄小而短薄的脚背,脂玉般的足趾,那些印在泥地上的足迹,宛如一幅水墨梅花图,心便有些酸楚,同时,砭骨的寒气便从脚心呼啸而上,一直漫向她的心口。她偶一抬头,见官道边站着一树桃花,朱朱粉粉,在风雨中飘落不少在地上,便停下来,痴痴地看,在这一霎时她的脑海里闪现出"薄命桃花"四个字来。

洞庭湖边的那个镇子完了,爹和哥完了,那个足以使全家维系衣食的小杂货铺完了,作为满女本可以无忧无虑地过一段日子,然后……再由父母择一个满意的郎君。一切都成了梦想,成了再也无法缝补起来的碎梦。母亲转过脸望着女儿,很长很长地叹了一口气。

"青儿,把鞋穿上吧。"

"不,到城里再穿,就只一双鞋。"

母女俩相互怜惜地看了一下,默默地往前走去。湘潭城的城墙已经遥遥在望了。

刘小青在未来的行旅中,不断地回忆她家小杂货铺后面的小院子,那是她和母亲的乐园。父亲和哥哥整个白天都忙碌在店铺里,他们因生计的紧张,已没有时间和心情来欣赏小院中四时的风光。

也许是年纪和性别的关系，刘小青最喜欢春天的小院，她拉着母亲一起厮守在这里，天晴天阴坐在花荫下，下雨则坐在廊檐下，一边做着针线活，一边想心事。父亲很开明，让她上过几年私塾，因此她认识不少字。

父亲进城办货时，偶尔会去书肆给她带回几本诗词之类的木刻本线装书，在未来的岁月里，这些诗词使她变得格外的多愁善感。

小院里的花草都是母亲和她栽种的，山茶、桃花、李花、杜鹃、海棠、兰草、蝴蝶花……姹紫嫣红，满满腾腾一院子的热闹。每当这时候她就会想起古人许多悱恻缠绵的妙句，并深深为之感动。"香泥垒燕，密叶巢莺，春晦寒浅""海棠影下，子规声里，立尽黄昏""有情花影阑干，莺声门径，解留我、霎时凝伫""淡月秋千，幽香巷陌，愁结伤春深处""趁酒梨花，催诗柳絮，一窗春怨"……她此刻还预想不到在不久的将来，她会重新进入一个小院子，重新获得一种"家"的感觉。

母亲曾告诉她如何缝制男人的布鞋，刘小青娇嗔着说："我不学，我不做男人的鞋。"

母亲笑了："你难道将来让你夫婿打赤脚？"

"就让他打赤脚。"刘小青一张脸通红通红的，"妈，你教我吧。"

母亲又一次笑了。

她们是薄暮时分走进湘潭城的,街市上已星星点点亮起灯笼,暗黄和郁红的光晕使得这一切都很古典,刘小青仿佛远行归来,似曾相识。

"妈,这地方真好。"

母亲没有作声。

她们住进一家很便宜的小旅店,待明天再去寻访亲戚。

刘小青用热水洗过脚,脚底一层层的血泡令她痛彻肝肠。她找出一双红缎绣花鞋穿上,在屋子里走来走去。母亲背过脸去,酸出两眼泪来。

一连三天,寻访亲戚无着,而囊中的钱又所剩无几。

母亲说:"人总得活下去,不要指望别人。明天,我上街给人缝补衣服去,你在这里等着。"

"不,妈,我也去,两双手做事总比一双手好。"

母亲含着泪答应了。

日子变得毫无生气。

鲁小冰深为这母女俩的生计发愁,她希望她们迅速进入时梦宽的那个小院子,她的臆想缩短了艰难的等待。她急切的呼唤从刘小青的口中冲出来。

那是个春阳耀眼的午后,母女俩坐在一条小街的旁边,等待着顾客。一个上午就这样呆坐过去,她们没有心思也没有钱去用餐。

刘小青突然说:"妈,那边有个人,拿着一叠子衣服过来了。"

那时,刘小青当然不知道这个年轻人叫时梦宽。

时梦宽急急地走上前,道了声"万福",说:"大娘,想请你补补这些衣服行不?"

母亲说:"行。"

刘小青顺手拿过一件衣服,低着头补起来,她偷偷地瞥一眼时梦宽,似乎在哪里见过,摇摇头,觉得这想法很可笑。

时梦宽蹲在旁边,看这母女俩缝补衣服,忍不住问:"大娘好像不是本地人?"

"岳阳人,逃荒来的。"

"城里可有亲戚?"

"找了,找不到。也说不上如何亲,即便找到了,人家也不知认不认哩。"

刘小青说:"妈,快补呀。"

母亲笑着说:"让你见笑了。"

时梦宽很同情地叹口气。

时梦宽喃喃自语:"你好像我妈,简直是一模一样。"

母亲问:"什么?"

刘小青却听得很真切,针一抖,刺痛了指尖,有一点血渗出来,凸成一颗赤红的珠子。衣服补好了。时梦宽从口袋里抓出一大把铜钱,放在那个盛着布片、针线的小竹篮里,说声"谢谢"。

刘小青说:"你多给了。"

"不多。以后还要来麻烦的。"

拿起衣服,时梦宽恋恋不舍地走了。

这个夜晚,刘小青翻来覆去睡不着,时梦宽的影子总在眼前晃来晃去。而鲁小冰却痛苦地预测到未来的结局,她明白这一对年轻人永远无法走到一块。

时梦宽一连几天都拿着衣服来补,其实都不是破旧的东西,无非裂了线缝,掉了扣子,但给的钱却很多。

刘小青随母亲走进时家的小院,是在七天后的一个下午。是老家人时福来请的,说是家中有些帷帘需要缝缀,不便拿到街上来,请她们母女俩上门去。

当母女俩走进小院时,都惊诧得说不出话来,竟与老家的院子酷似,连花草的品种和位置也如出一辙。杜鹃花是白色的那种,蝴蝶花浅蓝如梦,桃花、李花虽已落尽,新叶却是很翠嫩的,兰草的叶修长而飘曳……在这一刻,刘小青心上积郁的愁怨一扫而空,所有羁旅在外的慌惶消逝一净,她有了一种回家的情怀。

"这院子真好。"刘小青说。

"和我妈生前的格局一个样子,是我和时福一起侍弄的。"时梦宽说。

时福把一些帷帘搬到客厅里。

时梦宽说："在这里吃饭,好吗?"

"只是太叨扰了。"母女俩很感动地说。

"假如……你们不嫌弃的话,想请你们帮忙料理家务,住在这里,吃在这里,每月工钱照付,大娘年纪大了,这位妹妹还小,不便在街上做活计的,不知意下如何?"

刘小青几乎发出一声欢呼:"那当然好。"

母亲说:"时公子,我们非亲非故……"

"以后,我叫你刘妈吧,你不必客气。我们家还算个书香门第,清白无瑕,你们尽可放心。"

母女俩便住到了时家。安排在后院的一套宽敞素洁的房间里,所用家具、被褥,日用杂什皆备。家务事也没什么可做,无非帮着老家人时福做做饭,洗洗衣服,再就是锄锄园子,侍弄花草。时梦宽早晚两次来向刘妈请安,温驯如子。

刘小青又归还那个失而复得的情境,整天地在小院中徜徉,看花开花落,听莺声鹂语,将许多的古人诗词思来忆去。也常坐在花荫下纳鞋底做鞋帮,鞋样是照着时梦宽踩在泥地上的脚印描的。而在晚上,刘小青常会在园子里走一圈后,轻步踱到前厅,望几眼时梦宽秉烛读书映在窗纸上的影子,心里便发出许多绮丽的幻觉,痴迷如醉。

辰　史料：《湘军人物轶闻》之四十九节

时朴之，字弃尘，弱冠中秀才，天资聪颖，诗文俱妙，倚马可待，琴酒献酬，倾失宿彦。后入湘军，升任营官，以文弱而治军务屡屡奏捷，又军令严明，上卒争先，莫敢不服。尝下令营中：一人积银十两者，斩！所有月饷及赏银尽交粮台，每月遣人分送其家，取书回，上下皆感铭。金陵破，遂返故里，绝意仕途，以诗酒为乐。与知县黄某有隙，尝于杯盏间锐意相讽，颇快人心。又几年，某夜酒后经雨湖，被刺杀于荷塘边，人疑其为会党中人。其子方五岁也。

巳　鲁小冰的臆想

鲁小冰翻覆不止的臆想，让她进入一个叙述角色两难的境地。

她有时是鲁小冰，一个清醒的旁观者，目睹着一个故事的发生、行进和结局，却无法进入这个故事，以便向故事中的人物提供她所明察的内情。她更多的时候，是与刘小青融为一体，体验一个少女的憧憬、期待和渴求，那种沉宏的幸福感，使她的浪漫的情怀一如脱缰的野马，无法控制。

鲁小冰越来越清晰地看到时梦宽正回溯到他的童年和

少年时代，他在为自己营造一种母爱的氛围，而自己则成为一个孩子，他为此而激动不已。他将生母箱柜中从未穿过的崭新的服装，送予刘妈和刘小青，并在不同的场合说起他对生母的所有细节的赞叹与倾慕。

"我妈妈顶喜欢白杜鹃、蝴蝶兰、桃花、李花，最不喜欢的是荷花，因为我爹被人杀死在荷塘边，第二天早晨，我妈妈看见荷叶上的露珠染着血，便晕了过去。"

"我妈妈很喜欢李清照的词，她说那是最体现女人本色的作品。"

"我妈妈喜欢听京戏，她百看不厌的剧目是《击鼓骂曹》《三娘教子》《借东风》。她会在闲暇时哼上一段，那声音好听极了。"

时梦宽叙述这一切时，眼光十分温柔地停留在刘妈的身上。刘妈穿着时梦宽生母的衣服，大小尺寸无不合体，加上酷肖的脸相，与微笑着聆听的神情，许多次他差点要喊出一声响亮的"妈"来。而偶尔一瞥与刘妈很是相像的刘小青，便确认她是自己的同胞妹妹了。

这使刘妈和刘小青产生一种很复杂的感觉，从内心深处生发的感激之情，便加倍地化作对时梦宽的关怀，嘘寒问暖，细致入微。刘妈既要明白自己女佣的身份，又要努力仿效时梦宽的生母的种种生活形态，成为另一种意义上的母亲。她当然不敢造次地说出将女儿嫁给时梦宽，她在等待机会。

刘小青先是产生对小院的眷恋,尔后便将一腔心事暗暗绾结在时梦宽身上,她觉得这是一段很美好的姻缘,似乎离实现这个目的并不遥远。

只有鲁小冰知道这种日渐一日浓酽下去的情感,反而使刘小青的愿望距离本质的东西愈来愈远。她知道时府的经济状况正在走向恶化。

时朴之生前名士气很重,慷慨大方,视钱财如粪土,死后留下的积蓄并不丰厚,一家子多年来有出无入。到时梦宽十二岁时,母病逝,由老家人时福带看小主人生活,延请老师,算计各种开支,维持着时府的尊严。时梦宽无一技之长,只是读书,但又决不肯去参加入仕的考试。现在一下子增加两口人的衣食日用,还有每月应付的工钱,老家人时福真的愁了,时梦宽浑然不觉。时福只好照实相告,时梦宽说:"急什么?那些古玩字画拿去卖吧,不过,别让刘妈她们觉察了。"

鲁小冰并不喜欢这种旁观者的角色,她经常会挣脱这种角色的困囿,直接地成为刘小青,身临其境,潜入壮阔的感情波澜。

她多么喜欢对镜理晨妆,坐在梳妆台前,面对菱花镜,一下一下地梳着乌黑的秀发,不断地变化着发型,然后用时梦宽送来的胭脂水粉淡淡地化妆,想象着时梦宽见到自己所产生的惊奇和欣喜。

她开始试穿各种颜色和款式的衣服,在房里独自走来走去,为自己的美丽而倾倒。她不知道怎么会有那么多的奇思异想,而且每一种想法都充满浓浓的诗意。她会采上一枝白杜鹃或一枝蝴蝶兰,趁时梦宽不在,悄悄走进他的书房,插在书案上的古月轩的瓷瓶里。她会摘上一把清香的茉莉花,夹在他所读的书页间。她会将自作的一首七绝或五绝,抄在梅花笺上,趁着夜色,从窗缝里塞进去,然后惊鸿一样飞回自己的卧房,心跳得像擂鼓。

夏天来了。

很深很深的夜,风凉如水,月光皎皎。刘小青睡不着,穿着洁白的裙衫,在小院中散步,举头寻找着牵牛织女星的位置。

小院静极了,弥漫着花草新鲜的气息。母亲睡了,时福睡了,时梦宽也睡了。忽然,她听见有细碎的脚步声,来自前厅。猛一回首,时梦宽走到面前来。两人对视着,都不说话。刘小青猜测时梦宽是否会想起待月西厢的故事,是否会想起"月移花影动,疑是玉人来"的句子。

"梦宽哥,你还未睡?"

"你不也是?"

刘小青心头有一团热热的东西漫开,她说:"我睡不着。良辰美景,转眼便是百年。"

"我倒没这多闲情逸致，我想起了一个人。"

刘小青的胸口起伏不停，连呼吸声也粗重起来，她想问："你想起谁了？"话到嘴边，却变成一句："我有些冷。"

时梦宽走过来，挨得那么近。刘小青顿时产生渴望被时梦宽拥抱的感觉。她再一次喃喃自语："我冷……冷。"

时梦宽说："小青妹妹，回房歇息去吧，别着了凉。"

刘小青鼻子一酸，真想大哭一场。

她无力地朝自己的卧房走去。

时梦宽说："明天，你陪我去看一个人，好不好？"

刘小青回过头来，娇憨地一笑："好。你明天叫我。"

天未亮，并不曾睡着的刘小青听到了时福的呼唤声，便答应了。点燃蜡烛，慌慌地梳头、化妆、穿衣，然后飞快地奔到小院里。

时梦宽挽着一个小竹篮，里面放着一些果品水酒。他说："吵醒你了。"

时梦宽领着刘小青走出小院，陷入漆黑的小巷里。

刘小青说："真黑，我怕。"

时梦宽说："怕什么，来，让我牵着你。"

刘小青的手被握住了，这是他们的第一次肌肤相亲，她感受到时梦宽手心的热力，正源源不断地传递过来，仿佛要将她融化。她希望这条巷子很长很长，永远没有尽头。

走出巷口，时梦宽便松开了手。

刘小青觉得心里有些空。

很快,他们来到了雨湖。空气里漫满湿淋淋的水汽,荷叶、苇叶的清醇杂陈其中,一弯残月,微红。

刘小青撒起娇来:"你牵着我,要不,我不走了。"

时梦宽说:"好,我牵着你。"

他们来到一个荷塘边。黝黑的荷盖重重叠叠,直立于荷盖之上的荷花,如同凝重的剪影。不时从苇草丛中,滚出一串蛙声,更衬出空旷与寂静。

时梦宽放下竹篮,从里面拿出果品水酒及香烛纸钱。

时梦宽指着脚边的一块地方,正是荷塘的一个弯缺处,岸边草稞子直挺挺如剑如戟,水中荷叶特别圆特别高,静立在破晓前,纹丝不动。"我爹当年就倒在这地方。"

摆开果品水酒,点燃香烛纸钱。火光舔开夜的一角,刘小青看见时梦宽眼中并没有泪,而是燃烧着一种仇恨,脸形扭曲得极为狞厉。这种从未见过的样子,使刘小青为之震撼,并产生难以言语的崇拜。

时梦宽跪下,磕头,说:"爹,我来看你了。"

刘小青也疾速地跪下,说:"还有我。"

好一阵后,他们才站起来,凝伫在荷香和水汽中。

"妈在临死前,曾悄悄告诉我,爹在军中就参加了哥老会,立志驱除鞑虏,光复中华。回故里后,一直在联络有志之士。对于这个姓黄的县令,一条清廷的走狗,爹对他十分鄙夷，并在一些公开的场合予以讥讽，交恶益深。而爹每次外出，总有人跟脚监视，他们一定发现了爹的什么，才对他下了毒手。故我不想做官，决不与他们同流合污，否则，我对不起爹。"

时梦宽的声音低沉下来，开始向刘小青描述那个夏天的早晨，太阳刚刚出来，母亲得到父亲的消息，抱着他，在家人时福的引导下，跟跟跄跄来到这个荷塘边。虽然他只有五岁，但那个情景却刀刻般印入脑海，永世难忘。

父亲横躺在荷塘边，头和身子在岸上，脚却垂在水中，胸口上是一大片血，流向荷塘的渍痕清晰可见，脚边的水红得发亮。父亲的脸色很安详，如同睡熟。他突然看见许多碧绿的荷盖上，溅着一点一点的血，与晶莹的露珠互相辉映，在晨光中闪出奇诡的光芒。他明白了，他父亲已经到另一个世界去了。

"每年夏天，到了爹的忌日，我都来祭奠他老人家。我至今还可闻到永远不散的血腥气，还可看见荷盖上的血斑。"

时梦宽的声音很尖锐，一点一点地将夜色划破，泻出熹微的洁白的晨光。

刘小青的腮边挂着一颗浑圆的泪。

"我爹被杀的前一天，在院子里，他抚着我的头说：'假如有一天我不在了，你要好好待你的母亲，懂不懂？'我说:'爹,我会的!我会的,你放心。'"

鲁小冰作为一个旁观者,对时梦宽的吃官仓的动机有了新的认识。

他想通过这种形式,表达他对官府积存已久的反抗,或者可以说是他父亲某种信仰和言行延伸的轨迹。此外,出于对母亲深切的怀念和爱戴,以及关于五岁时所发出的誓言的承诺。他还来不及长大成人,以便好好地侍奉母亲,而母亲却在他十二岁时撒手而去,他把许多的遗憾通过酷似其生母的刘妈来予以弥补,在心理上他认同了刘妈就是自己的母亲。在家境日益困窘时,他希望通过吃官仓以示对官府的反感,并因此而获得一张终身享用的米券,以转赠刘妈和刘小青,让她们有一份活命的口粮。此中的逻辑性既荒诞又合乎情理。

太阳升起来了,很红,很亮。

刘小青看见一塘硕圆的荷盖上,泼洒着鲜红的血水,浓重的血腥气熏得她闭住了眼睛。

午　史料:《正骨余墨》之二〇〇面

为时梦宽正骨、打夹板后,即备车归家。梦宽遂由同来者披红挂彩,以门板舁之游街,万人空巷,莫不赞英雄年少。

是夜，县宰黄某被刺杀于公衙，利刃洞穿胸口，身横于几案，而双足垂于地，与朴之遭难之状何异！吾闻讯乃为第二日之午后也。

未　鲁小冰的臆想

鲁小冰在接触这份史料时，不禁疑窦丛生。其时正当子夜，春寒料峭，历史研究所静寂无人，只有她还枯坐在湘军史料室里，一灯独亮，到处飘动着潮湿的气息，发黄的线装书摊满了书案，历史显得阴森可怖。窗外正下着雨，院子里的树木黑黝黝的，如鬼如魅，发出簌簌的有如咬牙切齿的声音。

鲁小冰再一次读这份史料后，立刻断定刺杀县宰黄某的杀手不是别人，正是神医金振声。其一是他在《正骨余墨》中的寥寥数语中，竟能将县宰的死状写得如此准确，非"闻讯"所能做到，俨然是亲睹亲历；其二，这个刺杀事件，显然离不开为老友时朴之报仇的动机，时朴之遭难后的状态他并不曾见到，当时在场的只有时朴之的妻子、儿子和时福，他肯定是后来听时府人说的，所以在刺杀县宰后，再将其摆成那样一个姿势，其目的是对故人的一种慰藉；其三，金振声在写下"是夜……而双足垂于地"一段话后，下意识地补上"吾闻讯乃为第二日午后也"，分明是在掩饰一种慌乱的情绪。

那么,金振声为什么选择这样一个日子刺杀县宰黄某呢?

鲁小冰苦苦思索起来,她有了一种福尔摩斯式的清醒。

从表面现象看来,这次刺杀事件太离奇,如果要为老友报仇,为何一等就是十三年?完全可以想象,在漫长的等待中,他一刻也没有忘记这笔血债,唯一的解释是时梦宽吃官仓的举动震撼了他,警醒了他。旧债未清,而又目睹时梦宽血肉模糊的双腿,使他觉得再没有等待的必要了,该旧债新账一块儿清理了,否则将来有何面目去见九泉下的老友?!同时,时梦宽身负重伤,行动艰难,便让人不会因县宰被杀而怀疑到他身上,事情成功与否,都与时梦宽无关。

鲁小冰兴奋起来,蓦地站起,踱到窗前,双目如电,穿透着沉重的夜色。她在寻找1884年初春的那个夜晚,寻找一个穿着玄色的夜行服,怀揣利刃,行走如风的蒙面人。

更夫的梆声和锣声沉重地响过,灯笼淡薄的光在麻石路面散漫地流动,那个疲惫的影子拉得老长老长。

鲁小冰看见一条黑影,在街檐下闪过,脚步迅捷得没有半丝声响。面被蒙住,只有双眼灼亮,警觉而深邃。她不禁赞叹一声:"好功夫!"

蒙面人穿街走巷,不一会儿就来到县衙的高墙边,他四下里望望,然后身子微蹲,运上一股气,身子猛地往上一蹿,轻飘飘便落在屋脊上。他俯下身子,细细地观察了一阵,发现后院的一间厅堂里还高燃一支蜡烛,县宰黄某正在奋笔疾书什么,身边无人,纸窗微开。

蒙面人飞下屋脊,落到院中,蹑步前行,手握一把牛耳尖刀,逼到窗前。又听了听周围的动静,遂推开窗扇,纵身而入,一直走到案前,县宰犹未觉察。

蒙面人发现他在写一张密报,称时梦宽为乱党时朴之之子,久怀异志,乞请捕杀之。

蒙面人一把抓过那张密报,在烛焰上点燃,厅堂蓦地亮了许多。

县宰惊起,想呼喊什么,但蒙面人的尖刀已扼在喉下。

"你是谁?"

"我是时朴之的好友。"

蒙面人说毕,取下面纱。

"金振声,原来你也是乱党。"

"正是。"

"我劝你悬崖勒马,不要一意孤行。"

金振声笑了笑:"我都快满一个花甲了,好歹都是一个死,岂能饶你。"

说毕一刀捅向县宰的胸口,捅得又狠又深,抽出刀来,血迸出数尺高。尔后,将尸首置于几案,使双脚下垂于地,吹熄蜡烛，风也似的飘飞出去……

金振声疾行至雨湖的荷塘边，伫立良久，说："朴之兄，我了却一桩心事了。"然后寻个荒僻处，将沾血的夜行服和尖刀埋了，悄无声息地回到家中，竟无人觉察。

鲁小冰为能知晓这样大的一个秘密而自矜。浩如烟海的史迹中，又深埋着多少这样的秘密呢？

她相信第二天上午，金振声是去过时府的，他不能不把这件事告诉时梦宽。

那个上午，半阴半晴，时府的门紧闭。刘妈在灶屋里熬着药，药罐子搁在红红的灶火上，乳白色的带着药味的气体飘袅着。刘妈的眼圈红红的，她不明白时梦宽为什么要去吃官仓，以致受这样大的苦。

老家人时福，雇了一辆车，到天字仓领取米粮去了。

院子里静静的，花不动，叶不摇，仿佛都在为它们的主人担忧着。

刘小青含着泪，坐在时梦宽的卧榻边。

日光从窗口映进来，衬得时梦宽的脸苍白如纸。他斜靠在床头，微闭着眼，仿佛沉入一个久远的梦中。

刘小青充满爱意地望着时梦宽，她似乎有许多话要对他说，但一时又噎住说不出来。

鲁小冰的心尖剧痛起来。她开始催促刘小青：你怎么不跟他说说话呢？这屋里的气氛太沉重太滞闷了。

刘小青终于说话了:"梦宽哥哥,你要睡了吗?"

时梦宽睁开眼,说:"没有,我在想……"

"想什么?"

"也没想什么。"

"腿还痛吗?"

"不痛。"

"你骗人。"

"真的不痛。我好高兴。"

"要是成了一个跛子,看你还高兴不高兴。"

时梦宽笑了笑:"我会更高兴的。"

鲁小冰明白时梦宽这句话的内涵,只是刘小青不明白。刘小青想说的一句话是:"你成了跛子,我来侍候你。"但她一张脸憋得通红,话卡在喉咙管,吐不出来。

这时刘妈进来了,端着一碗药汁,放在床榻边的茶几上,关切地问:"梦宽,好些了吗?"

时梦宽突然呜呜地哭起来,边哭边说:"我不要紧的,妈。"

刘妈的脸色顿时舒展开来,望了女儿一眼,说:"等药凉了,喂给你梦宽哥吃,喂时先自己试试,别烫了你梦宽哥。"

刘小青羞羞地应了一声。她很敏感地发现时梦宽在叫她妈的时候,省略了一个"刘"字,她为此浮想联翩。

只有鲁小冰知道这种省略意味着什么。她已经很清楚地看到了那个悲剧性的结局。

刘小青抖抖索索给时梦宽喂完了药。

就在这时候，金振声提着药箱，喜气洋洋地走了进来。

刘小青慌忙站起来让座。

金振声对刘小青说："我想给梦宽再看看伤。"

刘小青不好意思地避到门外。

门紧紧地关上了。

这使刘小青有些不高兴了，无非看看腿上的伤，关什么门呢？她听见房里金振声和时梦宽压嗓在说话，并不是看伤！她悄悄把耳朵贴到门上听起来，声音太小，听不甚清楚，断断续续，有些字眼落到她心上：杀了……黄知县……报仇……胸口的血……然后，两人放肆地笑起来。

刘小青忍不住拍拍门，问："金伯伯，伤看好了吗？"

房里的笑声戛然而止。

申　史料：《见闻琐记》下卷之十五

吾与金振声，同为杏林中人，吾诊病，彼治伤。金振声承袭祖业，自小勤勉好学，博识多闻，又曾随名师研学武艺，于正骨接骨一道独领风骚，经其治绝少有留下残症者。对里巷引车卖浆之属，恤其养家糊口之艰难，凡求医者,邀之即去,且赠送药物,分文不取。历年之吃官仓者,由官府聘其调治,尔后皆行走如正常。独光绪十年(注:1884年),有时梦宽吃官仓断残双腿,经治数月,犹微跛,殊不可解。

酉 鲁小冰的臆想

金振声每隔二三日,必提着那只藤编的药箱来给时梦宽看伤。或在时梦宽的卧室里,或在小院子的花荫下。时梦宽经过这许多日子的治疗,竟可以拄着双拐,缓缓移步到小院子里,坐在时福为他备好的一把织着好看花纹的旧藤椅上,披一身清风日影,蓄两眼红花绿叶。

鲁小冰发现金振声的目光里,积存着越来越多的忧虑,他不懂时梦宽的双腿,为什么右腿好得很快,而左腿却收效迟缓,他第一次对自己的医术产生了疑问。他自忖,为任何人治伤他都竭尽其力,从不敢有半点懈怠,何况是老友的儿子?从为时梦宽正骨、打夹板,到以后的每一次换药,应该是没有失误的,可为什么出现这种后果?

此刻,金振声坐在时梦宽的旁边。时梦宽显得有些拘束不安,他说:"金伯伯,这些日子太麻烦了,我十分感激。"

金振声摇摇头:"不,不。我是不是老了治伤不行了?你两条腿,同时正的骨,同时敷的药,怎么会一好一差呢？"

"不。两条腿都好得很快。即使稍留一点瘸跛，又有什么关系。"

鲁小冰知道在金振声暗下力气的捏拿中，时梦宽痛彻肝肠，而他却强忍着，其用心良苦。

时梦宽忽然对站在身边的时福和刘小青说："去打盆水来，让金伯伯净手，再去摘些新鲜的枇杷来，请金伯伯尝尝。"

鲁小冰松了一口气。

金振声停止了捏拿，坐好，百思不得其解。

时福打来了一盆水，端着让金振声净手，再递过毛巾，金振声揩了揩脸。

不一会儿，弯脚雕花小茶几搬来了，摆上一杯香茶。刘小青将新摘的枇杷洗好，搁在一只洁白的细瓷盆里，放在茶几中央。"金伯伯，请。"

金振声看着洁白的瓷盆，看着金黄硕圆的枇杷，串在褐紫的枝茎上，俨然是一幅写意时鲜图。良久，才伸出手去摘下一颗，剥开皮，细细地品嚼起来。

刘小青也摘下一颗，剥开皮，递给时梦宽。

金振声心想：这是多好的一对。便笑了笑："梦宽，什么时候请我喝喜酒呀？"

时梦宽没有作声。

刘小青羞得低下了头。

金振声哈哈大笑起来。

笑毕，说："梦宽，我得治好你的腿，新郎官总不能是个跛子啊。"

从这一天起，刘小青开始细心地观察起时梦宽来，心里常念叨他这腿怎么回事呢，她听时福说过，金振声的医术出神入化，怎么独独治不好时梦宽的伤呢？她在某一天早晨，去时梦宽卧室中为他折叠被褥时，发现床边余留着几点药渣，问："梦宽哥，绷带是不是松了？"时梦宽慌乱地说："没有哇，好好的，你看。"边说边绾起裤管。

绷带松松垮垮，似刚刚匆匆扎好。而昨天她亲眼见金振声为他换药后，扎得井井有条，不似这模样。

这天夜里，刘小青蹑手蹑脚潜至时梦宽卧室的窗前，用舌尖在窗纸上舔出一个洞。她看见时梦宽褪去长裤，然后，把左腿上的绷带层层解开，再小心地晾在床边的几案上，然后吹灯睡去。

刘小青明白了他左腿不愈的缘由。但她想不出他为什么要这样做，她决定将此事告诉金振声。

鲁小冰立即预感到金振声难言的愤怒和痛苦，他们双方都得把这件事的头绪理清，以便达成一种默契。

金振声打发人用马车把时梦宽接到家中，将家人屏退，两人端坐在宽敞明亮的诊室之中，浓重的药味刺激得时梦宽的鼻翼不停地翕动。

"梦宽侄,我不能不和你谈了。对你左腿的迟迟不愈,竟落到骨头变形,我早有怀疑。你这样做,无非多得一张终身米券,而我却会毁一世名声,遭人议谤。"

时梦宽蓦地离座,跪倒在地,双眼噙满了泪水,然后说:"金伯伯,你是我父亲的挚友,你为我治伤,为我报仇,可以说是恩重如山,岂敢有意诋毁你的大名。"

"那是为什么,你难道愿意变成一个跛子?"

"愿意。虽说是为了再得到一张终身米券,更重要的并不在此。你知道,我五岁丧父,十二岁丧母,作为人之子总觉得有一种内疚之情,我不能侍奉他们,是不是我的命太硬?后偶遇刘妈,觉得刘妈与母亲的形象酷似,又处在窘迫之中,便将她们领回家来,一年之中,视同生母,努力奉养,以尽人子之责。但家况日衰,虽可暂时敷衍,毕竟不是长远之计。老家人时福,在我家数十年,终身不娶,对我百般照看,如同生父,怎能让他再受饥寒之苦?"

金振声说:"假若是缺少费用,我可以援赠,何必如此!"

"我知道金伯伯的为人,假如我开口相求,你自会慷慨解囊。但是,自长大成人,我一直思念秉承父志,以驱除鞑虏为己任,欲出外联络各方志士,以图一逞。先前所不言者为老家人时福,后来所不言者为刘妈母女,我必须安顿好他们,让他们终身不愁。便以吃官仓为始,一表自己与官府不合作的态度;二看自己可否能承此苦难,将来或有大用;三可得两份终身米券;四以微残,或说自虐,作为人子对父母过早去世的谢罪。待伤稍愈,小侄将浪迹江湖,改名换姓,以不致事发而连累时福及刘妈母女,请为小侄守密。"

转眼到了初秋,时梦宽的伤是好了,但左腿变形,走路微跛。刘小青见到他走路微斜的身影,心情十分复杂,同时,有一种归属感越来越强烈地折磨着她,她会无端地生母亲的气,但一见到时梦宽又喜笑颜开,欢欣雀跃。

刘妈在背地里,会有意无意地对时福说:"小青该寻个人家了。"

时福便说:"还寻什么,就在眼前,只是不知道小青看不看得上少主人,他跛了一条腿哩。"

刘妈说:"那有什么。"时福便高兴得不得了。

鲁小冰清楚地看到事情的激变是在一个深夜,她想去阻止刘小青,刘小青已闪到时梦宽的门前,并轻轻叩响了门。

刘小青手提绣花鞋,只穿着袜子,一路无声地走来,粉红色的袜子浸在如水的月光里,十分动人。

刘小青闪进去,带上了门,把月光赶出去。

就在这一刻,时梦宽极快捷地点燃了烛台上的蜡烛,火光一闪一闪，漫出一片红晕。

时梦宽问："你有什么事要告诉我？"他的声音很冷很硬，脸色如生铁，很肃穆。

"梦宽哥，我……喜欢你。"

说毕，丢掉手中的绣花鞋，一头扑进时梦宽的怀里，时梦宽趔趄了一下，没站稳倒在床上。刘小青伏在他的身上，说："我要一辈子侍奉你。"她轻轻地啜泣起来。

时梦宽静静地躺着，没有任何激动的表示，如一段枯木、一块石板。

又过了一阵，时梦宽说："小青妹妹，你不懂得我。"

"我懂，我懂，你使我重新有了一个家，我要成为你的人。"

时梦宽摇摇头，说："你起来，你坐好，听我说几句话。"

刘小青很不情愿地坐到一张椅子上，她为时梦宽的气势所震慑，一腔柔情似被什么东西堵住，再也流不动了。

时梦宽也坐起来，开始了他漫长的叙说，缓缓地。

刘小青边听边轻声地哭。

三更后，时梦宽说完了，显得很疲倦。

刘小青说："我会守你一辈子的。无论你在何方，我都会想着你。"说完，刘小青理好云鬓，穿好绣花鞋，掩着脸跑出去。

下露了。所有的枝叶上，都挂着亮晶晶的泪。

第二天上午，时府张灯结彩，洋溢着一派喜气。

刘妈坐在一把红木太师椅上。

时梦宽三跪九拜，认刘妈为娘。又与刘小青对拜，成为兄妹。刘小青的眼里泪痕犹在。她在心里说："梦宽哥，今世为兄妹，但愿来生为夫妻。"

时福站在一边，大感不解。

几天后，时梦宽和时福单独长谈了一次。

交出米券，请其将古玩尽卖，再将钱存入钱庄，月取其息作日常补助。

在某一夜晚，时梦宽突然失踪了。

戊　史料：《会党风云》补遗之九

吾与萍、浏、醴一带会党人物多有交往焉。尝识哥老会中一左足微跛者，姓吴，名坚诚，颇儒雅，善辞章，出入险境，绝无难色，为同党所重。会党中有因刺杀清廷显贵而罹难者，吴闻讯恸哭不已，并奋笔书七绝二首，以浇胸中块垒。其一云：前驱后继待阿谁，埋骨芳丘自古悲。遥忆去年今日事，江亭乘醉剑双飞。其二云：雄演光芒百丈扬，湘南民气一时张。忠魂壮我无边胆，手舞长缨缚虎狼。光绪三十二年（注：1906年），萍、浏、醴高擎义帜，各会党竞相响应，声势赫赫，后败于湘、鄂、赣、苏几省清军之合力征剿。闻吴坚诚负伤被执，斩首于阵前。

亥　鲁小冰的臆想

　　鲁小冰再一次走进时家的小院，岁月如风，十几年过去了。

　　她曾目睹了时梦宽（化名吴坚诚）临刑前的情景，一身是血，但脸色却十分平静，似乎这一天他已等待许久了。他倔强地不肯跪下，刽子手把他压下去，他又挣扎着站起来，而且站得很坚挺正直，那条微跛的左腿居然让人看不出来。在屠刀举起时，他亲切地眼望苍穹，说："爹、妈，儿来看你们了。"

　　刀起头落，嘴角竟浮起一丝冷冷的笑。

　　鲁小冰走进这座小院，正是初春，一切恍如往昔。桃花、李花刚刚谢去，一地的红红白白。杜鹃花举着白色的花朵和花苞，蝴蝶花带着浅蓝的微笑，兰草的叶子纷披着修长的韵致……她叹息一声：时间对花草并不起作用，它以轮回的死与生来对抗永恒的时间，以永恒对抗永恒。

　　她知道时梦宽早已不在，老家人时福也在几年前溘然长逝，小院里只剩下刘妈和刘小青。作为一个旁观者，她有一种欲望，将时梦宽牺牲的消息告诉她们。这个故事该结束了。

她听见她们说话的声音了,便蹑步前行,透过树隙,她看见刘妈和刘小青坐在那株枇杷树下,纳着鞋底。鞋底很长,是男人的。刘妈已经老了,鬓发间霜痕点点,脸上满是皱纹。刘小青也"老"了,这种"老"体现在她的目光里,茫茫然,昏昏然;脸色憔悴,苍白中饱含无限酸楚。

"妈,昨晚我见到梦宽哥了。"

刘妈抬起头来,说:"在哪里?还是从前那个样子吗?"

"在这棵枇杷树下,树上结满了枇杷,好大好大一个,金黄金黄的,他说他想吃枇杷,我要了他一支木拐子,打了好几串下来。我拾起来,飞快地洗好,盛在一只白瓷盆里,端到他面前。他说你替我剥皮吧,我就一手端盆子,一手拿起一颗枇杷,用牙齿一点点把皮咬掉,再喂到他口里,他说好吃极了。"

"以后呢?"

"他说,小青妹妹,你是捷才,你作一首诗以记其事吧。我就想呀想呀,硬只想出了一句:齿咬枇杷送君尝。他说好,不必成篇,有这一句足够了。"

"再后来呢?"刘妈又问。

"再后来,他说他要走了,一眨眼就不见了。我哭了起来,哭着哭着就醒了。"

"梦宽总有一天会回来的。"

"当然。我就不相信等不回梦宽哥。"

"那是。你给他做了这么多的鞋子,还作了好多的诗,他回来看见,不晓得会有多高兴。"

刘小青的脸上泛起一抹淡红,再不说话,沉浸到一种巨大的幸福之中,痴痴的,让人心痛,也让人爱怜。

鲁小冰能对她们说什么?

等待是一种十分美好的情境,这个过程也许很长很长,但希望总在微茫中闪光,等待的人会在遥望这束闪光中走向生命的终结,而使痛苦变得轻如鸿毛。

鲁小冰说:我不会告诉你们关于时梦宽已不在人世的消息。

她悄悄地离开小院,并轻轻地带拢院门。

她挣扎着从历史中走出来,回到"现在"。

结束语

历史研究所老所长在阅读鲁小冰的这份《吃官仓考》时,正当子夜,万籁俱寂。这个题目就让他很不高兴,一份资料性的东西,能使用这个题目吗?待到耐着性子把这份资料看完,老所长气得脸都歪了,全身抖颤如风中之叶,太阳穴突突地猛跳。他仿佛当着鲁小冰的面,大声叱责起来:"你是怎么搞历史研究的?亏得你还读了几年大学,资料散乱不说,还加上如此荒唐的臆想,简直是对历史的亵渎。你应该去写小说，当小说家，你永远成不了一个历史学家！"

老所长抓起一支毛笔，在红墨水瓶里使劲蘸了蘸。他决定在篇首打一个大大的"×"，署上自己的名字，明天掷给鲁小冰，让她重新汇编资料，以诫旁人。

当他写下一斜竖，准备再提起笔，写下相交的另一斜竖时，头一阵晕眩，胸口滞闷，连笔都提不起了，身子一歪，笔尖正停在斜竖的尾端，随着身子的歪斜笔尖顺带往上一挑，一个大大的红"√"鲜明夺目。

老所长倒下了。

夜深无人。直到第二天上班时，才发现身子已经冰凉的老所长。他死在坚守历史的阵地上，令活着的人景仰不已。

老所长的绝笔，是批在鲁小冰《吃官仓考》篇首的那个鲜红的"√"。

那是一种殊荣，所里的人很少有人在被审视论文或资料时，被如此坚定而无任何异议地打上一个"√"。这种肯定，空前绝后——老所长死了，再不能为别人打上这样的"√"了。

鲁小冰心如刀绞。她觉得老所长真是个德高望重的长者，为历史他如此鞠躬尽瘁，死而后已。但她困惑的是她那篇《吃官仓考》，竟会得到老所长的赏识。

她希望能索回这篇臆想多于史证的文章。

但湘军史料室的负责人,一边用手抖着这篇文章,一边赞叹地说:"这是一篇经老所长肯定的好东西,必须存档造表,对于后人是有用的。这就叫历史。"

鲁小冰觉得很悲哀。

历史,就是这种随意性所构成的吗?

不久,她调离了历史研究所,到影视公司当公关小姐。

她说她真正对历史产生了厌恶。

她希望远远地逃离历史。

《小说月报》(原创版)2016 年 4 期

短篇小说

天街
风雪夜归人
烟波芥舟
惊雷
鹰爪
驯虎
尚梦蝶
典当奇闻
秋声秋色
破毡笠
百年老锅
芳草斜阳小院
红黑白
斑头雁
路考

天街

这条街名叫太平街，因傍着流过古城的一条小河，故又称作河街。街长二里许，虽参差排列的房屋古旧苍灰，但仍可想见昔日的规模，那些曾做过铺面的门楣上方和两侧，隐约可辨出斑驳脱落的店名，或是一个油盐店，或是一家铁匠铺，或是一爿香烛行……如今却大多成了纯粹的住房，店主或店主的后人早就到属于全民和集体的单位去了，挣一份工资过活，只是还住在这祖业的奠基地，做着繁衍的庄严事业，所以太平街依旧充满活力。当然也有例外，比如做纸马匠的耿七老倌，从解放前一直到现在，就一直是单干——人也是"单干"，孤身独居，今年已是八十有一了。

　　这古城中做纸马匠的并不多，他们的重大贡献是为死者做"灵屋子"，让后人抬着在青草萋萋的坟地焚化，以使亡故的老人在阴间不至于被住房问题所困扰。公私合营时，自然不属"改造"的对象。到了1958年敲锣打鼓走合作化道路，这一行又被排除在外，所以这做纸马的行当永恒地自由自在。即使到了"文化大革命"，到处喧呼着破"四旧",但在古城,这一行当却受到异口同声的拥戴,那些造反派也很讲孝道,父母亡故,烧一栋"灵屋子"是不能少的,可见古城民风淳厚之一斑。

太平街有两个老寿星,除耿七外,还有一位刘八婆婆,高寿八十,人称八婆婆。耿七住街的南头,八婆婆住北头。

八婆婆命好得多,丈夫虽已故去许多年,但四个武高武大的崽,却给她造出一大群孙儿孙女,有的又风风火火地成了家,再造出些曾孙曾孙女来。因早些年她家是开酱园的,房子有十数间,呼啦啦一大片,如今且大多住在一起,晨昏侍候,实在是再安逸不过。

不晓得从什么年月起,八婆婆就轻易不出门了,缩在她的那一片房子里数点春风秋雨,一年四季她家的门总是关着。伏天也是这样,一家人在院子里的葡萄架下歇凉,据说凉津津的。唯一露面的时候,是春节前夕,八婆婆必定要由儿孙搀扶着,到大门外来贴对联,红纸上年年是这样两句话:紫星吉照;鸿运永留。横额是"吉永",因太高,她自然不能去贴,便由后人替代。但她必定要退后几步,眯缝着老眼,指挥着贴得平平整整。这时刻八婆婆的神色特别好,精神矍铄,手中的拐杖也不用了,由一位孙女扶着站在旁边。

"八婆婆,贴对联了?"

八婆婆一回头,见是耿七,笑了笑,点头,然后说:"恭喜你发大财。"

耿七很高兴,说:"你高寿!"

"不行了,不行了,你高寿!"

于是整条街上,都流淌着笑。看着这两个鬓发斑白的老寿星,所有的人都感到骄傲。

待八婆婆被簇拥着进屋去,大门关上了,门上的铜环"叮叮当当"响一阵,围观的人也就归去。耿七却依然不动,细细品味那对联的好处,无端地生出一些惆怅。

他慢慢腾腾回家去。

他的铺面极小极窄,前面做工作间,后面是一间灶屋,灶屋里挨墙有一架楼梯通向阁楼,那是他的卧室。他的店子不挂招牌,也很少把门面全部打开,只留下一扇门半开半闭。他在这里住了四十多年,谁都知道他是做纸马的,有事尽管来找他就是。

"灵屋子"有各种规格,三间、五间、七间、九间、十间,只要肯出钱,什么式样他都做得出来,门、窗、桌、椅、柜、床,甚至厨房里的锅、盆、碗、盏,院子里的鸡、鸭、羊、狗,无一不活灵活现。因生活的内容时时变更,卧室里的家具也变得"洋气",并可做出一些诸如电视机、收录机、洗衣机之类物件,使那些亡人在另一个世界也能过上现代化的生活。

他做"灵屋子"却不是很多,这要看他高兴不高兴,假如这个月做了几件，足以对付生活所需，他就什么也不肯做了。他不想赚大钱，也不愿成家，所以钱对于他并无多大的用处，似乎只是为了维持生命的正常运转而已。没事时，他喜欢去坐茶馆。因年长，奇奇怪怪的事见识得多，故听众总是不缺少的，他会讲到他的遥远的身世，这就特别引起别人的兴趣。

"你们不信？好多好多年前，我还开过一爿纸行，生意好得很呢。"

人们哄笑起来，觉得耿七的话太没边际，分明是个纸马匠嘛。

"我的老家在江西的一个县，在那个县的一条街上开纸行。三十多岁我才拜师学的纸马匠，以后迁到这里来的。"

"你没有成过家？"有人呷一口茶，极有兴致地问。

"成过，老婆俊得很。后来，来了一帮土匪，把店子抢了，把她也掳走了，以后……她逃出来了，却没有回去，以后……她找了个人家，生儿育女……以后……唉——"

耿七叹一口气，眼泪汪汪的。

关于耿七的身世，在那年月，自然是派人去调查过，无奈那街早在兵火中毁去，竟不留一点痕迹，所以也就不再认真，权且把耿七的讲述当一个故事而已。

到了晚上，耿七便关了门，再不出去，早早地安歇了。但是近几年，人们忽然发现他阁楼的灯光亮到很晚很晚，谁也不知道他在做些什么。

虽说他身体还算是可以，但毕竟年岁渐大，显出不可抗拒的衰老来；却是不病，仿佛冥冥中有种什么力量在主宰他，使他悠悠地活下去。每天几次踏那楼梯上上下下，竟不十分费力。居委会主任劝他用这屋换另外的住处，他执意不从，脑袋摇得像个拨浪鼓似的。

中秋节到了。

这是个万家团圆的日子，历来为太平街的人所注重。一到夜晚，浑圆晶莹如银盘的月亮升起后，各家便在小院和地坪摆下桌子，点燃柚香（在一个金黄的大甜柚上，密密地插上许多根香。柚子搁放在一个大托盘里），香雾袅袅地飘在月光里，对月宫遥做祈祷；月饼、药糖自然是不可少的；还有贴着红纸条的一根根的白藕，以及鲜红如玛瑙的菱角。一家老小，一边赏月，一边喝些酒，吃这些可口的东西，细嚼团圆的愉悦。

刘八婆婆家，每逢中秋夜，总是最为热闹的，大大小小几十口，围坐在五六张大方桌边。月光极明亮极纯净，如水，满满盈盈的一院子，细细的金风拂来，带着薄薄的凉意，便让人感受到"清秋"这两个字的准确和生动。

八婆婆坐在一张红漆太师椅上，精神不甚舒展，一脸病容。不久前，她确实大病了一场，今晚是象征性地出来坐一下，以示团圆之意。她什么胃口也没有，所以只是木木地坐着，大大小小的后辈的请安、问好，她好像听见，又好像没听见。一切都如雾，飘过来，曳过去，实在是不甚真切。她忽然眼睛一亮，瞅见摆在面前的一盆红菱角，伸出瘦嶙嶙的手，拎起一个，对着月光看，嘴角扯动几下，到底没有笑出来。红菱角闪出殷红的光泽，薄薄的皮分明透亮，隐隐可见里面黄白的肉，几个角抛出极柔润的线条，在月光里晕染出一抹抹红，漫向无边的空明。

有殷勤的后辈，早提起刀，"咔嚓咔嚓"地剖开几个把肉掰出来，递到八婆婆面前。

她摇摇头，叹息着说："咬不动了，牙都没了，唉。"

坐了一会儿，八婆婆困了，欲回内屋去，临走又吩咐："耿七一个人好孤单，百年后我们还得求他帮忙，送些月饼、药糖去，菱角多送几个，听说他很喜欢吃。"

说完，便由人搀扶着，缓缓走了。

于是，有勤快的孙子，把这些东西送了去。

耿七家的门没有关，他正坐在门边的一张竹靠椅上。年年中秋都是这样。

这一夜，耿七的阁楼上，灯光一直亮到天明。

红菱角他是咬不动的，便用银白的线穿成一串，挂在工作间里。先是红润如玉，渐渐地便转黄、变黑，终至成为枯菱的一撮，然后，悄悄塞到灶膛里烧了。那内蕴的香味弥漫了整个灶屋,他怔怔半晌无言。

八婆婆终于病倒了,整日的晕晕乎乎,医生穿梭似的来过几次,摇摇头,手一摊,默默地走了。

街邻们川流不息地来探看,一个个伤心得很。宽慰一番做后人的,便悲哀地退出。

耿七来了。

众人忽地发现他老了许多,头发是浑然的银白,皱纹也深也密了,走起路来颤颤晃晃,本来是微弯的背,如今弯得如一张犁。

他站在八婆婆的床前。

"八婆婆,我耿七看你来了。"

八婆婆拼命想睁开眼,却睁不开,一张死灰色的脸,似乎有了一点活力,干瘪的唇动了几动,说起胡话来:

"……天街……几多好……铁围子井……洗衣服……水花溅溅的……土匪……红菱角……对不住得很……"

耿七蔫着一个头,喉头哽哽的,想说什么又说不出。

三天后,八婆婆故去了。

白喜事办得比红喜事还热闹。

八婆婆的后人找了耿七,请他扎一栋大"灵屋子",入土七天后好烧到坟上去。

耿七连连点头。

第六天上,耿七到刘家叫了一帮子人来,说是"灵屋子"可以抬走了。

"灵屋子"安放在耿七门面大开的工作间里，还有好长一截伸到阶基上来。

这不是一栋"屋"，而是一条完整的"街"。

"街"有近五米长，错错落落的房屋竟有几十栋，屋宇虽不高大，但从规模上可以想象出它们的恢宏深邃。

街端头立着一块石碑，上题两个隶字：天街。街尾头有一口井，有拔出地面的铸铁围子，围沿上嵌着深深浅浅被提水的绳子勒出的印痕，很有质感。这条"街"上，林立着各色店铺，米店、油盐行、药店、布庄、饭馆、杂货铺、铁木作坊……里面陈设着各色家什，皆如同真物。细细看去，"街"中部立着一爿宽敞洁净的纸行，油亮的柜台，整齐的货架上放着一捆捆的彩纸、白纸、草纸，墙壁上挂着一串红菱角。门面两边贴着对联，上写：紫星吉照；鸿运永留。横额是"吉永"二字，颜体，很厚重。而在这些店铺的后半部，又有卧室、厨房、客厅之类，摆设则显出是另一时代的。"吉永"的后半部，房屋五六间，特别是卧室，格外的洁净素雅：窗上挂着湘妃竹帘，梳妆台上竟嵌着一块玻璃，立着一架洋钟；床是宁波床，挂着白麻帐子，床前有一条红漆踏凳，上面搁着一双黑布男鞋，一双红软缎面女鞋，鞋尖上有好看的菱角花……

看的人一片啧啧称赞。

"哎嗨,刘八婆婆到了阴间,有了一条街,还怕过得不安逸?!"

"耿七有本事,把八婆婆临终讲的话都应验了。听说她年轻时,喜欢挂湘妃竹帘,吃红菱角,穿红缎子鞋。"

"只怕不是几天扎得出这么个格局来。"

"只可惜房里没有电视机。"

"呸!那地方哪里有发电厂?"

刘家的后人听到这许多的溢美之词,一个个都喜形于色。只有一个不解之处,就是"吉永"为什么是一个纸行,而不是一个酱园,但到底没有问,因细想开去,这"天街"不是天上的街市吗?

耿七默默地蹲在一边,脸色阴阴的,好像在想什么,又好像什么也没有想,只是静穆而已。

"耿家大爹,这要多少钱?你只管讲。"

"我一文钱也不要。"

"那怎么行?你老费了这么多心血。"

耿七蓦地站起来,说:"不要就不要,也算是我一点心意。我这大岁数了,还要钱做什么?快抬走吧。"

这条"街"便被抬走了。

众人好不惊异。

过了不久,耿七死了。是踏楼梯时,一脚踏空了,掉下来死的。那是一个冬天的夜晚。直到第二天,几个老茶客在茶馆里寻不见耿七,便寻到他家,才发现他安详地倒在楼梯边了。

他没有儿女,丧事是居委会主持操办的。刘家后人记得耿七大爷的恩,都来尽心帮忙,如同故去的是自家的长辈。

不过没有在七天后去坟上烧"灵屋子"。

没有人给耿七去定做。办完丧事后,所有的人都忙着上班或做别的要紧事去了。

太平街的人,每每在闲暇时,常会提起耿七扎的那条"天街"。

那才真正叫"手艺"。

《芳草》1987 年 2 期

《小说选刊》1987 年 5 期

风雪夜归人

虞汀写完一份党史材料，圆圆地打上最后一个句号时，才如释重负地松了一口气。

看了看表，十二点差五分。也就是说，从吃过晚饭到现在，她为这份党史材料的考证、撰写，差不多花了六个小时。她本来打算下班后，到市委的食堂里用过餐，再上街去逛一逛商店，眼看就是新年了，该去买件新衣服，还有化妆品什么的。

从大学的哲学系毕业，分到市委党史办，一晃就是几年。机关的生活太单调了，何况是一个市的首脑机关，整天地泡在材料里，人也变得和材料一样老气。她没穿过过于时髦的服装，也不敢过分地化妆，连说话和笑都是轻轻的、压抑着的，这机关大楼的严肃气氛，悄悄地改变着她的一切。

在大学时她不是这个样子，风风火火，敢笑敢闹，什么时装表演、诗歌朗诵、专题辩论会……她都去参加，她成了男孩子注目的焦点，惹得班上的女同胞很是嫉妒。那时的她，真正是光彩照人，朝气蓬勃。

而现在呢，常有一种"老"的感觉，二十八岁，整天地厮守着一间办公室，一堆子永远没完的史料、报告，连谈恋爱都觉得无兴致。

今天下班，原本把晚上的活动想得好好的，老主任说这个材料你晚上突击一下，明天市委要讨论，要确定一个爱国主义教育的点。轻飘飘一句话，就把她"钉"了一个晚上！她本想头一别，说声"我有急事"，可说不出口，刚刚入党转正，又到市委党校参加了新干部培训班，能不识抬举吗？！

她发现自己"老"，是有一次在街上碰到中学时的一个女同学，女同学一身俏丽，口又快："哎呀呀，虞汀呀，我们的美人怎么成熟得这么快！"那两道打量她的目光，在她脸上扫来扫去，怪怪的。"有男朋友吗？"

虞汀又摇摇头。

"别把自己弄得像个女官员似的，男孩子就怕这个！"

那一刻，虞汀的脸红得发烧，竟呛得说不出话来。

虞汀收拾好桌子上的东西，下意识地拿出小镜子照了照，她发现自己很憔悴，脸黄黄的，两眼尽是血丝，便慌忙把镜子收起来。该回宿舍去了，也许这座叫"红宫"的市委办公大楼，巍巍十五层，上千号人早已走得一空，她是最后留下的一个！想到这么大的一座楼就她一个人，心里又有些恐慌，不是怕鬼怕坏人，而是一种过于阔大的寂寞对心理的侵蚀。

她得赶快离开这座楼。党史办在十四楼,乘电梯下去,呼呼地快得惊人,然后走出大楼,步行几百米,就到了她的宿舍了。宿舍里依然是她一个人,这样岑寂的冬夜,没有热茶,没有夜宵,她觉得自己很可怜。

在她站起来准备走出办公室时,她听到窗玻璃上发出极细极细的声音,像窃窃私语,充满着一种温柔。她急步走到窗前,往外面看去,啊,漫天大雪,羽毛似的抚摸着窗玻璃。她莫名其妙地眼睛湿了,她把脸贴到玻璃上,玻璃很暖(因室内有暖气的缘故),像贴着另一张脸,久久地。

虞汀终于熄了灯,走出办公室,带上了门。关门的声音尽管很轻,但在这空荡荡的大楼,在这子夜时分的寂静中,却变得十分清晰。楼道上的顶灯,洒下乳白色的光辉,稠得像奶汁似的。

她从东头走向楼中央的电梯口。刚走两三步,她分明听见西头的一间办公室的门远远地响了一声,她吃了一惊:有贼!不可能,大楼门口有昼夜值班的人,市委大院门口也有警卫,谁敢到这里来行窃?那么,一定是一个和她一样刚加完晚班的人了。

她的心里充满了暖意,她并不孤独。这座楼有多少部门,连她都弄不明白,这第十四楼又有几个单位,她也不清楚。她听到西头的门响之后,传来很重的脚步声,是一个男人,而且还很年轻!女人的脚步没有这么重,在机关工作久了已磨得无棱无角的男人的脚步也没有这么急促有力。

从远远的西头走过来的人渐渐清晰,果然是一个三十不到的男人,一米八的个子,戴一副宽玳瑁边眼镜,穿一件黑长呢子大衣,样子很像日本电影《追捕》中的杜秋。虞汀的脸忽然红了一下,不急不慢地朝电梯口走去。

男人很快到了电梯口,他按了按门边的电钮,等电梯从楼底升上来。他在这个等电梯的时间里,才转过脸来,对慢慢走来的虞汀微微一笑,并不说话。

虞汀在这一霎时后悔自己走得太快,为什么不等这个男人先乘电梯走呢,自己乘下一趟,反正已经很晚了,也不在乎这几分钟,谁知道他是干什么的。

她想:我可以装着忘记什么了,再折回办公室去。就在她准备转过身去时,那个男人开口了:"你也在加班?我还以为只我一个人哩。"男人边说话边做出一个优雅的手势,洪钟般的声音衬着这个手势很迷人。

虞汀的身子转不过去了,依旧朝前走着,她点点头,说:"外面下雪了哩。"

男人说:"你一定想起了小时候垒雪人的趣事了,要不怎会这样高兴?"

"是吗?"

"没错。这座楼里的人没有像你这样特意说出下雪的事儿,他们都麻木了。"

虞汀开心地笑了,这男人很有情趣,说话也坦诚,分明在夸她。

"你呢,也喜欢这雪?"

"喜欢。第一瓣雪触到玻璃上时,我就发觉了,我就想起了小时候打雪仗、垒雪人,想起了在大学校园结着伴去寻梅,梅香从雪花的空隙里飘出来,清雅而带点苦味。"男人的声音真好听,像在朗诵一首诗。

虞汀立刻沉溺在雪花梅香的氛围中,心突突地跳着。她已经好久没有这种感觉了!

铃声一响,电梯升上来了,接着电梯的门缓缓地打开了。男人优雅地做了一个"请先上"的手势,并且一直站在门边,手指摁在电钮上,以防门突然关闭。

虞汀很感动,她笑了一下,很快地走进电梯里。接着,那男人也跟了进来,门关了。他又在那个"1"字的按钮上点了一下。电梯开始下降。

这个小小的电梯间,四壁都是合金钢的,晶亮晶亮,照得见人影;顶灯十六盏,投下明亮的光。他们分靠着两壁,中间便空出一大块地方,红色的地毯很干净。那男人微低着头,虞汀则仰起头去看顶灯,灯光流淌在她的脸颊上,痒痒的。她忽然有了一种想说话的欲望,甚至埋怨这个男人也不说点什么。男人只是低着头望脚下的地毯。

虞汀问:"你在哪个部门?"

他抬起头来,说:"政研室。你呢?"

"党史办。我叫虞汀。你的大名?"

"大名艾捷,小名毛伢子。"

虞汀咯咯笑起来,笑得胸脯子一耸一耸,这个男人真逗!

男人又说:"你的笑声很像我的一个女同学,真的。"

虞汀说:"艾捷,我猜这个女同学准和你有一点什么瓜葛,要不走出大学好几年了,你还记得她的笑声。"

艾捷没有出声,只是轻轻叹了一口气。他把目光移到电梯楼层显示屏上,"13——12——11——10——9","9"刚一闪,突然,顶灯熄了,电梯震动了一下,猛地停住了。

虞汀惊叫了一声:"停电了?"

艾捷说:"停电了。"

"那我们走不出这电梯了?"

"走不出去了。电梯不让我们去看雪,怕我们着凉。"

"你还有心思开玩笑?"

"不开开心就这么干着急?电梯不相信眼泪,你哭也没用。"

虞汀跺了跺脚,说:"偏偏这时候停电。"

艾捷说:"应该说,偏偏一男一女在子夜乘电梯时停电,是不是?"

虞汀不作声了,这男人不简单,一下子就把她的心思看透了。

她说:"艾捷你打打电话吧。"

"这电梯没有安电话,是一种很老式的电梯。我们耐心地等吧。"

虞汀大喊起来:"等电来救我们?"

"应该说我们并没有濒临死境,无非是耽搁一点时间而已。"

"要是一夜不来呢?"

"上班总会来电的。"

虞汀的心一抖,上班时来电,许多人看见他们一脸疲惫地从电梯里走出来,那可是天大的新闻了。她没有作声,噘着嘴,可惜艾捷看不见。

寂静在电梯间弥漫着,压迫着虞汀的胸口,使她很难受。她终于耐不住,说:"就是你,要不我会乘下一趟电梯的。让你一个人在电梯里,我则可以在停电后,顺着楼梯走下去。"

艾捷说:"上帝可怜我孤零零一个人乘电梯,便让你来做伴,你说是不是?"

虞汀"哼"了一声。

不管怎么说,停电是一个严峻的事实,在黑咕隆咚的电梯间，只有一个男人和一个女人。而且，虞汀渐渐觉得空气在变凉、变冷，没有电，中央空调也停了，不供暖了。

她说："真倒八辈子霉了！"

"嘘——"艾捷肯定是嘟起嘴，才发出这种声音来的，虞汀想。这种模样一定很有趣，像一个不谙人事的小孩子。

她任性地说："真倒八辈子霉了！"

艾捷说："别瞎嚷嚷。你听，雪的声音，很远很远，又很近很近，沙沙沙……像春蚕在噬着桑叶，像春天的雨洒在碧绿的枝叶上。你听听。"

虞汀不作声了，细细地听起雪来。

"虞汀，听见了吗？"

"听见了，挺温柔的——其实雪落无声，是心有声。"

艾捷显得很高兴，连连说："你不是一个俗人。说真的，我很感谢你，你能理解我。我们那个室的人老说我神神道道的，不像个市委的干部。连我老婆也是这样认为，好在我们分手了。真的，雪花太美了。我想起古人所说的一段话，你想听吗？"

"想。"

"天公剪水，宇宙飘花，品之有四美焉：落地无声，静也；沾衣不染，洁也；高下平铺，匀也；洞窗辉映，明也……"

待艾捷一念完，虞汀说："你怎么分到市委机关来了？

这不是委屈了你!"

艾捷说:"命运安排吧。我是学中文的,喜欢写诗写散文,却被选到这里来了。其实,我真的不适合这里的工作,一切都很刻板,周围的人似乎都是克隆出来的,说一样的话,写一样的文字,连走路的姿势都如出一辙,平平稳稳,不快不慢。我再干几年,也会一样的,对于个体生命的体验来说,几乎是白纸一张,或者说在这里即使工作几十年,不过是一天的重复。有什么意思?"

虞汀的脸又红了一下,喃喃地说:"我也有这种感觉。"停了一阵,她又说:"艾捷你刚才说起的那个女同学,我猜她肯定不是你的妻子。"

"是的,在毕业前夕她得了白血病……后来就死了……那是个很有才气的女孩子,我们很要好。她笑起来特别好看,笑声像珠子落在玉盘里,有一种圆润的质感。后来,我工作了,结婚了。妻子是父亲同僚的女儿,是双方父母撮合的。我们压根儿不是一路人,她老抱怨我在仕途上没有作为,总是一个副科长,她说你这副科病什么时候可以治好!我想和她谈点什么别的,诸如诗歌、散文、绘画、音乐……她说:这些都是酸文人的破玩意儿,疯疯癫癫的,特没劲。吵呀,闹呀,谁也没法改变谁,最终只好彼此说声'拜拜',各奔前程吧。"

"真的离了?"

"离了有两年了。"

不知道为什么虞汀觉得很痛快,很解气,她好像成了艾捷的那个女同学了。她问:"两年了,找到可心的人了吗?"

"没有。整天关在这栋楼里,到哪里去找?"

"你们科室没有女的?"

"老的结婚了,少的,好像都和男人一个样子,雄性得很,一个个都想建功立业,在仕途上有所进步。"

"那就不理她们呗。"

"当然。"

黑暗中艾捷从口袋里摸出香烟和打火机,说:"你不介意的话,我想吸根烟。"

"别吸。吸烟损害身体。"

"好吧。"

"不过,你可以打着火,看看几点钟了。"

一个火苗子灿然跃起来,把黑暗舔出一个洞。艾捷就着打火机看了看表,说:"子夜一点了。"他又举起打火机,朝虞汀照了照,说:"你的脸色很疲倦,你该休息一下。"他从口袋里掏出一张折好的报纸,展开来,递给虞汀,"垫在地上坐一坐吧,电还不知道什么时候来呢。"

虞汀接过报纸,垫在地上,靠着壁坐下来。暖气停了,真冷,冷气嗖嗖地往骨缝里钻,手指都有些僵硬了。她"哟"

了一声,牙齿颤颤地上下触了几下。

"冷吗?我怎么倒觉得有些热,我把我的呢子大衣给你吧,你搭在身上,抗一抗寒。"

虞汀正想说"不必",但黑暗中一个东西飞过来,是呢子大衣,内里还热烘烘的,洋溢着浓重的男人气息。她紧紧地抱住了呢子大衣,然后小心地展开,裹在自己的身上,身子立刻暖和了一些。她有了一种躺在床上的感觉,这呢子大衣像一条小棉被似的。这个男人心多细,懂得关心人、体贴人,说话又有趣,他妻子真是瞎眼了,这样的人到哪里去找?

"虞汀,还冷吗?"

"不冷了。"

"这呢子大衣还是我那女同学替我去选的。那天下好大的雪,她把我领到商店里去,给我挑了这件呢子大衣,还坚持着要付款。她父母是工人,下面还有弟妹,每月家里寄的钱不多。但犟不过她,由着她付了款。以后,趁她不注意,我把钱夹在她的课本里。她发现了,问钱是不是我的,我一口否认。她叹了口气,说:'你何必呢?'我装糊涂,说钱真的不是我的,也许你自己什么时候夹的却忘记了。"说完,艾捷得意地笑起来了。

"这呢子大衣你一直穿着?"

"嗯。"

"艾捷你女朋友也算是个幸福的人了。"

"可惜,她不在了。"

"要是她还在,你一定会去找她?"

"当然。"

虞汀的心头又是一热,连她自己都不明白,她为什么会这样,她又不是他的那个女同学,瞎掺和什么。

"艾捷,你真想吸烟,就吸一支吧。"

"不吸,说话比吸烟好。"

"你说点儿什么有趣的事吧,或者说你要找个什么样的人,你一定想找个什么美女吧?"

艾捷说:"现在哪里还有美女?你没听说过有一首这样的打油诗:一等美女嫁美军,二等美女嫁皇军,三等美女嫁国军,四等美女嫁匪军,五等美女嫁伪军,六等美女嫁共军——括号,地师级干部以上!"

虞汀笑起来,说:"你解释解释,这个'军'那个'军'的,闹不明白。"

"美军是指美国人和欧洲人,白种人呗。皇军是日本人,国军是台、港、澳人士,匪军是两劳人员发了大财的,伪军是中外合资企事业单位中的高级华人。共军是党的干部,不过得地师级以上的。像我这副科级,一边儿去晾着,等着娶残疾人吧。"

虞汀放肆地笑起来,笑毕,说:"我看你这人顶好的,只怕你条件太高，人家攀不上。"

艾捷突然话锋一转，问："你有男朋友吗？"

虞汀说："有了。"

"你男朋友一定……不错。"

"嗯。"

两个人都不作声了。虞汀的不作声是因她刚才的谎言，为什么要说有男朋友了呢？奇怪！是自尊所致，还是为了别的什么，她一时也说不清。

艾捷缄口不言是真的有了某种遗憾，好好的一个女孩子，怎么就有了男朋友呢？他焦躁地摸出一支烟，打着了，狠狠地吸了一口，再吐出一大团烟雾来。在此刻，他真的感到了寒冷的逼近，脱去了呢子大衣，身上只有两件薄薄的毛衣了，而温度已在零度以下。他的身子开始微微发抖，这种抖动通过合金钢墙壁的共振，传到了虞汀的心上。

她问："艾捷，你冷吧？别逗英雄了。坐到一块儿来吧，盖着这呢子大衣，也许会暖和一些。"

艾捷说："别……这样。一男一女的，我没什么，你……一个女孩子……我不冷……"

虞汀突然站起来，说："什么年代了，还这么酸文假醋的。再说，都大半夜了，一男一女待在这电梯里，说也说不清了。还是留着身子别病倒吧，生存是第一需要的。"她一把拉住艾捷的手，劲很足，把艾捷拉到自己身边，然后并排坐下来，再把呢子大衣展开，盖在两人身上。

艾捷真的是寒着了，上下牙直敲，一身凉凉的。

"艾捷，还冷吗？"

"嗯……"

"你把……我……搂紧吧，你会暖和一些。"艾捷不动，虞汀抓过他的手，放到自己的腰间，说，"我冷，我冷，你搂着我吧。"

艾捷真的搂紧了虞汀，他的身上顿时热流飞溅。他的腮搁在虞汀的头发上，他嗅到了一种很清纯的香味。他发现虞汀身子越来越软了，软成一团，紧紧地缩在他的怀里。

他问："还冷吗？"

"还冷。你再搂紧些。"艾捷把她抱到自己的腿上，又拉了拉呢子大衣。虞汀突然伸出手，在他的胸脯上抚着，很重很重。

艾捷说："我讲个故事给你听吧。"

虞汀说："不听！"

"那么，我给你念几首古人写雪写梅的诗吧。"

"不要不要！"

虞汀俨然变成了一个任性的小女孩，在他的怀里拱着、扭着。

"好，不说了，不说了。"艾捷只是紧紧地搂着她，他听见她说："我要……我要……"

他的血便一下子冲到了头顶,他开始大口地喘气,开始腾出一只手来去摸索着解她的衣扣,手变得非常笨拙,老半天也解不开一粒扣子,虞汀喃喃地说:"你这笨哪……"

顶灯突然亮了。

艾捷的手触电似的停住了,整个身子都缩在呢子大衣里的虞汀,问:"怎么啦?"

艾捷又像兴奋又像绝望地说:"电来啦!"

话音刚落,虞汀仿佛从梦中醒过来,挣出他的怀抱,一伸手把呢子大衣拨开了。一切都亮堂堂的,果然来电了。她的脸红得如霞,羞涩地说:"我们……怎么啦……你没做什么吧?"

艾捷说:"一切都挺好的,没发生什么。你不后悔吧?"他一边说一边穿好了呢子大衣。

虞汀分明感受到艾捷冷的目光,她为刚才的失态而自惭,怎么会问他"你没做什么吧",那意思是想洗清自己什么似的。她重新走到他的身边,紧紧地倚着他:"我不后悔。也没什么后悔的。"

艾捷低下头去,吻了吻她的脸。

电梯急速地往下降去。

她说:"怎么就来电了呢?"

艾捷说:"凌晨五点了。"

电梯在一楼停住,门开了,他们相倚着走出来。门卫是个半老头子,他认识这楼里的每一个人。他说:"是你们?艾捷,虞汀!就你们两个!"那声音里充满了狐疑。

虞汀说:"就我们两个!你觉得还太少吗?"她说完很快意地笑起来。

艾捷调皮地说:"老同志,早晨好!"

他们走出大楼,雪还在纷纷扬扬地下着。市委大院外,是本市一个最大的广场,静得没有一点声音。

也没有商量什么,他们径直朝大院外走去。他们想去打雪仗、垒雪人,或者相拥着在风天雪地里走一走。好久没这么快乐了。也许,上班之后,这一向庄严肃穆的市委大院会沸腾起来,传递着他和她的新闻,那又能把他们怎么样?他们做什么了?又碍着谁了?这院子里就没有爱情故事吗?没有,就生长一个给他们瞧瞧。

他们来到了广场上,一天一地的白,一天一地的静。隐隐约约,从广场的西北角上,袭来清雅的梅香。是的,那里有几棵梅树,在这冰天雪地里,肯定绽开了数不清的花骨朵儿,春天离得不远了。

广场真像一片浩瀚的大湖,有遮檐的观礼台如一座湖心亭阁,广场边的一圈栏杆如长堤留影。

艾捷说:"这景致真好,真像张岱在《湖心亭看雪》中所写的。"

"你念念。"

"你又不想听,不念了。"

"我要听嘛,我要听嘛。"

艾捷清了清嗓子,用浑厚的男中音朗诵起来,一边朗诵一边拥着虞汀朝广场的西北角走去。

"……大雪三日,湖中人鸟声俱绝。是日更定矣,余拏一小舟,拥毳衣炉火,独往湖心亭看雪。雾凇沆砀,天与云、与山、与水,上下一白,湖上影子,惟长堤一痕、湖心亭一点、与余舟一芥、舟中人两三粒而已。"

梅花的香气越来越浓烈了。

《山花》1999 年 4 期

《小说月报》1999 年 6 期

烟波芥舟

一

1968年暮春时节,以治湘军史和太平天国史名闻海内外的管烟波教授,因"现行反革命"罪被押解到了大冲劳改农场。在当时,他并不知道这个劳改农场所在的位置。从南京半夜上火车,车上窗帘严合,列车的方向感消逝在一片铿锵的车轮声中,以及潇潇的雨声中。据当时与他同行的一位宋词研究专家说,管教授的脸色相当平静,管教授对专家淡然一笑,轻吟道:"一川烟草,满城风絮,梅子黄时雨。"然后闭上了眼睛,如"历史"一般更进一步悄然睡去。

这一年管教授正好满一个花甲。

列车运行二十多个小时后,在一个小站骤然停下,所有的囚犯被武装押解走入站台。夜深沉,雨声变得细微,站台的灯光非常昏暗,黑压压的一片囚犯在尖锐的哨声中,迅速地排成队。就在这时候,管教授走出了队伍,他发现不远处有个站牌,他想去看看到底是什么地方。

也许这个行动过于突兀,押解人员一时还没有反应过来,眼睁睁让他走到了站牌前,但站牌被一块破布包住,并被绳子绑得很牢实。许多人都目击管教授无奈地摇了摇头,然后又回到队伍里。

他刚回到队伍里,一个押解人员奔过来,大声说:"管烟波,你刚才想干什么?!"

他说:"不想干什么。"

研究宋词的专家这时才知道了他就是管烟波,专家在后来的一篇回忆文章中,写了这押解途中的一幕——他只熟悉这一幕,后来在劳改农场,他被分在另一个中队。

他追忆说,在押解人员走开后,管烟波自语道:"水远。怎知流水外,却是乱山尤远。"他明白这是王沂孙《长亭怨慢·重过中庵故园》中的词句。"在这种险恶的环境中,管先生居然还能背诵这些名句,可见他并不把困顿的遭遇萦萦于怀,非常人能达此境界……"

走出车站后,他们被押上一辆辆安着油布大篷的卡车里,朝一片苍茫的山中驰去。

但在二十多天后,刚刚进入初夏,在大冲劳改农场的管教授不知用什么方法,判断出了自己所在位置是湖南省醴陵的远郊外。

历史上的醴陵,除出产瓷器和烟花、爆竹外,还诞生和驻留过许多名人。管教授没有到过这个小县城,但在各种史书上，他不知多少次来过这里。

李靖曾在唐高祖武德四年（621年），奉命征伐割据湖北、湖南的梁王萧铣，在醴陵驻过军，他的红颜知己红拂，随军出征不幸染病身亡，就葬在这块土地上。还有渌江书院，湘军名将左宗棠曾任过山长，而且这里是他的发祥之地。

我在后来撰写《管烟波评传》时，曾臆测当管教授闻知身处醴陵时，他是何等的激动，作为一个研究湘军史的专家，多年来因种种原因未能莅临此地，未能一睹渌江书院的风采，那种长久的遗憾在一刹那间消逝散去。于是，导致了他后来极为荒唐与怪异的冲动，竟欲纵火焚烧书院，以致被奉命看守书院的值班民兵用半自动步枪击毙。甚至，在欲从农场逃跑之前，他可能还想到这块土地所诞生的名将左权、陈明仁、程潜、何键……是不是传承了左宗棠的一脉风韵？

尽管在世道清明后，管教授被平反昭雪，但他欲焚烧渌江书院的"罪行"，被解释为在精神失常的情况下，所发生的可以理解的举动。我在写这一重要章节时，产生了极大的疑问。一个一辈子沉溺于历史研究中的人，不可能去毁灭任何历史的遗迹；从押解途中的从容与平静中，可以看出他是一个极为豁达的人，他不可能精神失常。那么，他是在一种清醒的状态中去纵火？更属天外奇谈！是不是根本就不是纵火呢？但没有确凿的资料予以澄清甄别。

我在翻阅管教授的档案资料中，发现了一个与他有密切关联的人——陆芥舟。他是当时大冲劳改农场一中队三小队的管教干部，从他的名字很难想象出他是一个专与囚犯打交道的人。很显然他的父亲、母亲是读过书的，这个名字出自明代张岱《湖心亭看雪》中的"与余舟一芥"。在管教授于薄暮时分逃离农场，直取西山渌江书院，并在黎明前那一段深重的黑暗里到达时，他是奉命前往追捕的唯一的人，因路途熟悉，几乎与管教授同时降临。但他没有惊动管教授，只是远远地跟随，观察着这个逃犯的动静。当管教授打着打火机，欲纵火焚烧书院，陆芥舟准备扑上去擒拿罪犯时，枪响了，子弹从背后穿透管教授的心脏，管教授倒下了，他临死前只说出一个字："左……"

在后来的结论中，管教授自然是死有余辜，当他被子弹击中时，他还念念不忘那个屠杀太平天国起义弟兄的"左"宗棠！不管怎么说，这毕竟是猜测，他只说了一个字"左"，未必只是指左文襄公，未必就没有别的含义。

我想我应该去找找这个叫陆芥舟的人，他是唯一的追捕者和目击者。至于那个在睡梦中一睁眼，发现了一个举着打火机的纵火犯，而立即射杀的人不能算是一个真实的目击者，何况许多年过去了，那个人既不知名也不知在何处。

关于管教授整个死的过程，矛盾百出，扑朔迷离。而当时报纸上的新闻却相当简洁，我们的记者经常充当一种伪造历史假象的角色还沾沾自喜。

二

1985年初夏，我作为一个历史系的硕士生，分到南京历史研究所的湘军史和太平天国史研究室已有一年之久，我发现这里到处留存着管教授的音容笑貌，他身上的气息飘袅在任何一个角落，关于他的故事仍在不断地繁衍生长。这是我后来要写《管烟波评传》的最直接的原因。

我面前的桌子是管教授的遗物，是现任所长执意要分给我的，究其深意，大概是为了奖掖后学，鞭策愚氓。我伏在桌上看书和写作，常常会听到"咚"的一声桌响，让我心头一震。其实没人拍桌子，是管教授的一件小事致使我产生幻觉。那时，管教授与所里的人去交谈，常是快步走到人家的桌子前，用力一拍桌子，人问这是干什么，他说："拍案惊奇！我有奇论要与先生切磋。"然后，他便洋洋洒洒地说起来，极有条理和激情，往往发表时，文章就是这即兴讲演的翻版。

管教授与人坐下来聊天，如果对方或自己说到他父亲时，他必站了起来，略略起身，两手下垂，仿佛他的父亲就在面前。直到换了话题,他才小心地坐下。

在五十年代,管教授专门研究湘军史,那是一件极招非议的事,几乎每发表一篇文章或出版一部专著,便有气势汹汹的署名或不署名的文章于报刊予以批驳。每见这类文章,他常大声朗读于同事之间,念一段,然后逐句进行反驳,连语病、错字都不放过。念完了,把那份报刊一丢,说:"再读五年书来!"

后来,迫于一种压力,管教授把许多精力放在研究太平天国史上面,写出了不少有学术价值的著作,但评论界三缄其口,既不批判也不赞扬。他的一本《试论太平天国的"造神运动"》,倒让他的几个老友出了一身冷汗。到了"文化大革命",这本书便成了他的滔天大罪,直到1968年在长久的批斗之后锒铛入狱。罪状上说他借古讽今,攻击无产阶级革命和伟大领袖毛主席。他在上诉书中,顽固地认为:历史的教训不可淡忘!

在我读到这本皇皇大著时,已是历史系的大学生,我无法压抑一腔亢奋。出版的时间是1964年,那时,神州大地的"造神运动"正方兴未艾。管教授的慷慨陈词,如惊雷疾电,使我坐卧不宁。于是我在读完大学后,又报考了湘军史和太平天国史专业的研究生,一直到走进管教授所营造的人格和学术氛围,天天与他在研究室朝夕相处。

我不相信他会精神失常,我不相信他会去纵火焚烧渌江书院,当他成为"历史"之后,我应该去努力弄清这个真相。

在1985年的初夏,我坐上了由南京驰向湖南的火车。我选择的是半夜出发的一列客车,我特意买的是硬座票。我希望体会一下管教授被押解和漫漫旅途上的一点心绪。但我的预想完全落空,没有武装人员的监押,没有锃亮的手铐的凉意,随时可以去喝水和买零食,身边的人在欢快地交谈,一切,都很轻松和惬意。历史毕竟又行进了十七年,那个噩梦似的时代早已丢在车后了。那是一趟特殊年代的"专列"。幸而上车后不久下起了大雨,雨声和车轮声的交响,多少找回一点管教授当年坐车氛围的余韵。

在这一刻,我又想起了陆芥舟,他是一个什么模样的人?现在多少岁了?还在大冲劳改农场吗?他是否还记得,还愿意谈及当年的这件事?

到达醴陵站时,是第二天的晚上。

车站虽旧,但非常洁净。我走下车,提着一只小旅行箱,站在站台上,等待尖锐的口哨声。我排在等待出站的队伍中。突然,我莫名其妙地离开了队伍,走向站台边缘,那里立着一块站牌。我走到站牌下,伸颈一望,那上面印着两个粗黑的大字:醴陵。我的泪水夺眶而出,再看,站牌变得模糊,字也不见了,上面似乎绑着一块布。

于是,我又回到出站的队伍中。

我想，我应该先找一家旅馆住下，明日再乘汽车去大冲劳改农场。

三

我没有想到在第二天清早熹微的晨光中，会巧遇陆芥舟的儿子陆东，这正如某个小说中滥用的场景。

当我在破旧的售票窗口买好车票，走向一个很宽阔的停车坪，坪里停着好多辆黄尘扑扑的公共汽车，我不知道哪一辆是通向大冲劳改农场的。就在这时候，我看见一个穿警察服装的年轻人从我身边经过，我忙迎上去，用普通话问他哪一辆是去大冲劳改农场的汽车。他停住了，很仔细地打量了我一番，然后调皮地笑了："你不是去探监的，你是外地人。"他用带着浓重本地口音的普通话回答我："随我来吧，我在那里工作。"

我们走向停在停车场边缘的一辆很破旧的公共汽车。也许因为我比他大不了几岁，彼此间莫名地有了一种亲切感。我说："我到那里去找一个人。"

"找谁？也许我认识。"

"陆芥舟。"

他停住脚步，顿了一下，才说："那是我父亲。上车吧。"

汽车上已经坐得很满，只有后排的两个座位空着，我们挤过去,并排而坐。

汽车嘶哑地鸣了一声笛,缓缓地开出停车场,朝城外开去。

好久好久他都不说话。

直到汽车出了城,在乡村公路上颠簸着喘着粗气行走时,他说:"你绝对不认识我父亲,你找他有别的什么事吧?"

我点点头。

"我知道总会有一天,有人要来找爸爸,为了一个老教授。"

我惊愕地全身一震,但随即便被巨大的欢乐所包围。陆芥舟这个唯一的证人,一定知道管教授纵火事件的前后始末,他有许多话要告诉来找他的人。

"可惜,爸爸等不到这一天,他在九年前患癌症离开了这个世界。"

我的心一沉。

"他死的时候只有四十三岁,我当时十一岁不到。那是1976年初春。我记得最清楚的是他临咽气的那一刻,对妈妈和我说:将来会有人来找我的,可惜我不在了。后来,我问妈妈:这个要找爸爸的是谁?她说:是一个老教授的亲人或者学生,你不要到外面乱讲。"

我有了深重的失落感,陆芥舟早已离开人世,那么我此行的目的便如竹篮打水,不是白跑一趟吗?

"我叫陆东,在大冲劳改农场的档案室工作。或许,我和妈妈可以帮你点什么忙。"

我说:"谢谢。"

至少我可以看看大冲劳改农场的地形地貌,并通过陆东母子了解一些陆芥舟的情况,在渌江书院的那个夜晚,他们相隔咫尺,属于同一个小小的空间,那是《管烟波评传》中最重要的一个章节。

"你要了解我爸爸和一个叫管烟波的老教授之间的关系,是不是?"

"嗯。"

"我相信我的母亲知道一些。"

陆东突然陷于一种沉重的思索之中,脸色很郁悒。一直到今天,我都记得陆东的那个样子,那个样子几乎可以感动我一生。

汽车时走时停,那些乡村小站的名字我几乎一个也没有记住。

陆东像是自语又像是对我说话,声音极轻极柔,我立即陶醉在他的叙述之中。

"我的爷爷是个乡村老塾师,对古文有很深的造诣,在三十年代修撰《醴陵县志》时他是撰稿人之一。爸爸读过私塾也上过新式的学堂,他曾经希望能上大学并研读历史,但被学校动员参了军,转业后分配到大冲劳改农场当管教干部。听妈妈说,他为这种命运的选择而抱憾一生。当然,那个时代的人,任何个人情绪都不致影响工作,但在业余他视读书为第一乐事。我的家里还遗留着他读过的许多历史书籍。

"我的妈妈原先在县城的小学教书,在爸爸转业后,便调到农场的小学教书,现在还没有退休。爸爸过世的时候我十一岁,我没有想到在前年高中毕业后,没考上大学,便进了公安系统,被领导有意安排在爸爸工作过的地方。他们对我说:你爸爸生前是个优秀的公安战士,他曾经带着重病追捕过逃犯,在渌江书院配合民兵击毙了纵火的罪犯,你要向你爸爸学习。但妈妈说:那个老教授纵火是不可能的,你爸爸压根儿就否认这一点。"

汽车突然抛锚了,司机"呼"地跑下车去进行检修。

太阳已经升起很高了。

陆东说:"我们下去走走吧。"

公路旁边是一大片渐渐泛黄的水稻,风里飘着稻子的芳香。我们走上窄窄的田埂,脚步踏处,不时有青蛙跳入水中,留下"嘣咚、嘣咚"的声响。

陆东继续说:"我翻过劳改农场的档案,农场是1967年初才选址建立的,最先的想法并不是关押刑事犯,主要是关押政治犯。大冲的地理位置是四面是山,但离醴陵城并不远,当时既无围墙也无电网,只有一些供管教干部和犯人所住的房子,以及近万亩水田。现在当然不同了,关押的都是重刑犯,有围墙、电网、岗楼,戒备森严,你可以去看看。甚至可以要求看看父亲的档案,当然要经过头头的应允,或许可以找到一些与管教授有关的东西。"

我发现陆东是一个很热情很坦诚的人,他的这些优点,是不是承继于他父亲的基因?那么当年管教授在陆芥舟的手下受管教,定然不会吃什么苦头。我甚至设想,那二十多天也许是管教授自"文化大革命"展开以来最为舒心的日子。一个曾经渴望上大学历史系的人,遇上了一个著名的历史学家,不会没有怦然心动的感觉。

汽车终于修好了,发动机轰隆轰隆地响了起来。司机用很不好懂的醴陵话喊大家上车,我正在托起一穗金黄细看,陆东说:"快,司机叫我们上车了。"

四

近午时分,汽车在终点站大冲劳改农场停下。走下汽车,太阳热辣辣的,我们的影子在阳光下变得很黑。

陆东说:"先上我家去,妈妈的饭菜早做好了哩。"

我有些犹豫,陌路相逢,怎好无端麻烦人家?陆东一把接过我的旅行箱,也不管我同不同意,径直朝前走去,我只好甩步紧跟。

陆东见我跟上来了,说:"你是我爸爸要等待的人,他不在了,我们可以接待你。我家是自己建的土砖瓦屋,宽敞着哩,前有荷塘,后有菜园。再说,我也爱看历史书籍,还想请教你一些问题,你难道不愿意?"

这小青年,心眼真活,本来是我麻烦他,倒说成他要麻烦我了。

"你是管教授学生的学生,要是将来我当了你的学生,称呼管教授应该是师太爷爷了。"

说得我哈哈大笑起来。

陆家果然是一个好去处,尽管这栋土墙青瓦的房子有些旧色,但在荷塘、菜园,以及竹篱和竹篱上爬满的牵牛花的映衬下,显得格外温馨和幽静。而竹篱围着的小院里,种着红红白白的指甲花,有一群小鸡在叽叽喳喳。

陆东兴奋地高喊:"妈,来贵客了。"

陆妈妈从堂屋里走出来,那张爬满菊花纹的脸在阳光下一闪,灿烂而慈祥。

"妈,这是管教授学生的学生。"

陆妈妈的眼里突然涌上了泪水。

她说:"一早,灶膛里火星子爆得很响,就猜有贵客了。今天正好是星期天,没有课,东东,我们好好做几个菜,招待客人。"

他们让我坐在堂屋里喝茶、歇凉,便忙着去杀鸡、捞鱼、切腊肉,不一会儿,饭菜的芳香在屋里屋外惬意地流淌。

我稍一抬头,发现对面墙壁上挂着一个镜框,镜框里嵌的既不是照片也不是图画,而是几页发黄的笔记本纸,纸上写的是很潇洒的钢笔字。我站起来,走近去看,竟是管教授的手迹,落款写的是:1968年5月1日。抄录的是一首苏东坡的词《定风波》,连同小序都一字不漏。如果有条件,管教授用毛笔写下,定然更具风采。

定风波

三月七日沙湖道中遇雨。雨具先去,同行皆狼狈,余独不觉。已而遂晴,故作此词。

莫听穿林打叶声,何妨吟啸且徐行。竹杖芒鞋轻胜马,谁怕?一蓑烟雨任平生。

料峭春风吹酒醒,微冷,山头斜照却相迎。回首向来萧瑟处,归去,也无风雨也无晴。

这些纸片既然出现在陆家的镜框中,便可认定是管教授抄赠陆芥舟的。细看字虽潇洒,但笔画上有小小的断痕,纸片是铺在地上或一块石头上写的,定是在野外,只有他们两人在。在当时抄写这样的词,毕竟有一种桀骜不驯的味道，谁敢当着不相干的人写？

管教授之所以没写受赠者的姓名，那是出于一种无奈。这发黄的纸片可以断定是近几年才由陆妈妈从丈夫的遗物中清理出来，然后嵌入镜框的。从落款的日期看，管教授到大冲劳改农场不足半月，也就是说离他去世亦不过十日左右。在这样短的日子里，一个囚犯和一个管教干部之间，能达到这种亲密的关系，不能不说是个奇迹。

我猜想那是一个天清气朗的日子，上午或者是下午，陆芥舟巡视到了管教授劳动的田头，四野无人，他们找了一处柳荫坐下来。陆芥舟一定是先从看过管教授的某一本书的某一篇文章切入话题的，他很坦诚地谈读过后的体会，以及某些还弄不明白的疑点。

在那一刻，管教授的眼睛一亮，忘了身处何处，便拍了一下田埂（因无桌子可拍），在"拍案惊奇"之后，管教授开始了他的论述，使陆芥舟如醍醐灌顶，甘霖润心。在此后，他们应该有一些更深入的交谈，这才导致管教授拔笔在陆芥舟的笔记本上抄下这首词。

这个细节，并不属于我的杜撰。在丰盛的午餐之后，陆妈妈拿出了一个上着锁的小木箱，打开来，从中拿出了一叠日记本，还有一卷奖状。她小心地将奖状一张一张展开，摊在桌子上，我发现了那张1968年6月发放的表彰陆芥舟追捕和制伏罪犯的奖状，在奖状的右上角打了一个粗黑的"？"

"这个问号是老陆打的！"陆妈妈说。

"为什么？"

"我当时问过他，他很恼怒地说，根本不是这回事！但他不肯细说。在后来的很多个晚上，他在一沓一沓的材料纸上写着什么，常写到子夜过后。有一次我问他写什么，他说是写给组织的汇报材料。写过之后，材料就带到单位去了。不久，他显得很沮丧，似乎受了什么委屈，但他接着又写。自从管教授被枪杀之后，老陆的心情一直很恶劣，他原本就是有病的，后来诊断是肺癌。他不肯去医院，一直吃民间医生的草药，拖到1976年，他便很不甘心地去了。你看看他这些日记，我看过，记得极简单，或许你可以发现一点什么。"

我首先寻找的便是1968年的那一本，然后翻到5月1日这一页。上面写着："上午，与某谈关于太平天国的'造神运动'一书。后某抄词一首见示。"

从笔迹上看出陆芥舟的心情很激动，有微微颤抖的痕迹。

关于第一次陆芥舟与管教授单独相处的情景，日记上亦有记载：

> 四十年代末，父曾对某发表在某报的湘军史料提

> 出不同看法，某虚怀若谷亲笔作复。我读过某不少文章，遂持其复父之札予其一观，相谈甚欢。雨声潇潇，田头破棚不蔽风雨。

这最后的一句令我浮想联翩。在田头的破棚里，雨漏如注，他们在那个手札的荐介中，彼此之间再无陌生之感。他们还谈了些什么，日记中虽无记载，但可推断一定谈了许多许多，在屋漏中他们的衣衫一定湿得很厉害。

这二十多天的日记中，更多的只是"与某谈话""见某""某身体甚弱"等简单得不能再简单的字样。而在管教授出逃及被击毙的这两天日记却是一字未落，留下一片空白。

陆妈妈说："那天傍晚，老陆刚回到家，便有人来叫，说管烟波逃了。他说你们都休息，我去找，他跑不远的。便连忙走了。第二天中午，他才疲惫地回来，对我说：管先生死了！唉，昨天，我跟他说什么渌江书院呢。"

在陆妈妈的叙述中，我的眼里幻出一组一组的画面。

陆东说："在我来到劳改农场后，我也为这件事而困惑。我推断爸爸的早逝与他怀有某种莫名的内疚有极大的关系。我常常在梦中听见爸爸的叹息声，我觉得我有责任弄清这个事件的真相。我亲自踏勘过当年管教授在薄暮时从无人看管的田头，潜入田边的山林，然后依照依稀可辨的方向朝西山的渌江书院扑去,他跌跌撞撞走了九个小时,于凌晨四点到达渌江书院。问题是熟悉路径的爸爸应该有五个小时便可到达,我相信他很快就追上了管教授。他没有去拦截管教授,而是悄悄地跟在管教授的后面,是因为他知道这位老先生要去干什么。因为在这一天,他们谈到了左宗棠和渌江书院,老先生心驰神往,不过是想去瞻仰一下书院的风采,以了却平生的心愿。问题是管教授在到达渌江书院后,爸爸就跟在他的身后,当他点燃打火机纵火时,爸爸为什么没有立即去制止他?他中弹时的位置在书院的何处?时间久远了,谁也说不明白。"

我突然对母子俩充满了感激之情,我说:"老先生在天之灵,也是要感铭不已的。陆东,明天,我们去场里查查档案资料,找人谈一谈,陆妈妈不是说你爸爸向组织写过许多汇报材料吗?"

这一夜,我就宿在陆芥舟的书房里,当然这书房是后来布置的。在陆芥舟的生前,这一大柜的书定是密藏的。在灯光下,我抽阅着这些书,有不少线装旧书是陆芥舟的父亲留下的,另外的是陆芥舟陆续购置的,其中有范文澜、郭沫若、翦伯赞等人的著作,而管教授"文革"前出版的著作几乎一本不缺。

我抽出《试论太平天国的"造神运动"》,倚在床头,细细地读起来,直到近处和远处传来断断续续的鸡叫。合上书本，我突然想起，陆家的堂屋和这书房里，怎么没有陆芥舟的照片？在这一刻，我非常渴望知道陆芥舟的模样。

五

第二天，吃过早饭后，我与陆东到大冲劳改农场的场部去。高森森的笨重的水泥门楼，以及结实的哨亭，顿时使人感到一种压抑。荷枪实弹的门卫验过我的介绍信和工作证后，才说："请进。"

在两层的场办公楼，我们没有找到任何一个头头，但档案室的一个姑娘却笑吟吟地对我说："你可以去参阅陆芥舟同志的档案袋，是头头交代的。"

这一点使我感到意外，似乎我的来访都在他们的掌握之中，而他们对我似乎是有意地避而不见。

陆东的脸色很难看，嘴唇略带一点紫色，他说了一个很粗痞的字眼："肏！"

我们一起走进了明亮的档案室。

姑娘用钥匙打开一个铁柜子，从里面拿出几个大牛皮纸袋，说："陆东爸爸的材料都在这里。"

我坐在长方桌前，开始翻阅陆芥舟的档案资料，竟没有一份他当年写的汇报材料！我问这些汇报材料哪里去了，姑娘说在几年前就销毁了，因为……再没有什么用处了。

我相信那些汇报材料，是陆芥舟对于那一次所谓追捕和制伏逃犯管教授的慎重说明。但那些说明绝对不合时宜，故而受到了上级的申斥，只是陆芥舟在受到委屈后，又开始了进一步的说明。那一段漫长的日子，陆芥舟的情绪极端恶劣，他对管教授的死愧疚万分。这种希望和失望的交替进行，加重了他的病情，他原本不应该英年早逝。

陆东焦躁地在一沓沓的档案资料中胡乱翻起来，纸页哗哗地响着，如泉水击石。他突然惊呼一声："这里还剩下半页！"

我接过这半页残纸，细细地看起来。这半页文字，说的是管教授从围墙的一个缺口走进了死寂的渌江书院，他激动得步履踉跄，然后站在书院的头门前。那个黎明前的时刻，天黑得像锅底。管教授从口袋里摸出了打火机，打着了火，一点很亮的火苗子跳动着……文字到这里戛然而止。

我站起来说："陆东，我们到渌江书院去。"

"其他资料不看了？"他问。

"不用了。"

大感不解的陆东去找了一辆三轮摩托车来，当我坐稳后，他铁着脸踏响了油门，车发疯似的朝渌江书院驰去。

我的脑海如电视的屏幕不断地映现着关于左宗棠的

资料：

> 清道光十六年至十八年，左宗棠主讲渌江书院，他是第十届山长。
>
> 道光十七年两江总督陶澍阅边至萍乡，然后回湖南安化老家省墓，语从容，廿载家山，印心石在；大江流道经醴陵，官绅设行馆于书院内，并请左宗棠写了一副门联："春殿语从容，廿载家山，印心石在；大江流日夜，八州子弟，翘首公归。"
>
> 陶澍看后大为赞赏，亲切会见左宗棠，与之彻夜长谈，并订儿女婚姻。
>
> 咸丰十年，左宗棠已赫然为名将，率军过醴陵，满城文武官员匍匐郊迎，左仅微笑点头示意而已。当他发现迎候队伍中有当年的学生时，却连忙下车携手，偕行十余里，谈笑风生。
>
> ……

我想，在管教授出逃前，他和陆芥舟的倾心交谈，不可能不谈到这些。而正是这次交谈，导致了管教授的出逃，然后惨遭不测，这正是陆芥舟引以为疚的原因。

因为走的是一条新修的便道，不到一个小时，我们就到了渌江书院。

书院坐落在西山半山腰,三面环山,面对清碧的渌江。

从山脚往上望,一片辉煌的古建筑,闪烁在夏日的阳光下。从典籍上我早已知晓它的结构:头门、讲堂、内厅,左侧有考棚、斋舍、日新斋、又新斋……

三轮摩托一直开到书院的围墙边。

我们快步走进去,直奔头门。

头门的上方是四个端庄的楷字:渌江书院。两边是石板刻的嵌入墙体的对联,写的是:恩承北阙;道接东莱。

我对陆东说:"打火机小小的火苗,能把这砖墙、石板对联、铁皮大门烤着吗?"

陆东一愣,随即说:"不能!"

我们都不作声了。

我的眼前突然一黑,我分明看见一个瘦长的影子从远处飘了过来,一直飘到头门前,那个影子是管教授。他想欣赏那刻在石板上的对联,于是打着了火苗。他举着这一点火苗,凑近门墙,津津有味地欣赏那一副对联。

在不远处的一片黑暗里,站着陆芥舟,他为这个痴迷的背影而感动。

就在这时候,一支半自动步枪的枪口对准了这个所谓"纵火犯"的背心。

"砰!"

……

六

我告别陆妈妈和陆东,准备回南京时,是第三天的上午。

我发现堂屋正面的墙上,挂上了一个大镜框,里面嵌着陆芥舟的相片。

陆芥舟显得有些文弱,那双眼睛却特别有神,和眼前的陆东极为相像。

陆妈妈寻出那张陆芥舟因追捕和制伏逃犯所授予的奖状,划着火柴,点燃了,顷刻之间便化作了一团灰烬。她说:"老陆,你该安心了吧。"

陆东一直面对着他父亲的照片,眼里流出了晶莹的泪水。

他突然问:"管教授的墓在哪里?"

"在南京。"我说。

"明年的清明节,我要去南京祭奠他!"

这时,门外的阳光显得特别亮。

《啄木鸟》1999年6期发表
《小说选刊》2000年1期转载
《小说月报》2000年1期转载
日本《中国现代文学》2000年冬季号译载

惊雷

年过花甲的梅问寒缓缓睁开眼的时候,天已经破晓了。锃亮的玻璃窗上泻进一片冰冷的雪光,使厚重的方砖地上涌动的寒意有了体积有了重量。梅问寒习惯地扫描了一遍室内,觉得很陌生,这是他睡了几十年的房间吗?墙壁上原本挂着一些名人字画,郑板桥的竹子,金冬心的隶书,齐白石的虾子,吴昌硕的紫藤,任伯年的人物……现在一张都不见了。博物架也是空空的,余留着大大小小的方格,那些青铜器、古瓷器也杳如黄鹤了。

在数月前,日军将要破城了,他突然大病了一场,病愈后耳也聋了,喉也哑了,人衰老如朽木,便叫老家人梅仲君去城中各处把一些文朋诗友请来,将字画、古玩分赠出去,一件也不留。

众人皆疑惑地望着他,不知他为什么将这些心爱之物一一舍弃。梅问寒默然无语,拿起一支毛笔在纸上写下一行字:我恐将不久于人世,留个纪念吧。然后掷笔长叹一声。

梅问寒收拢目光,把枕头垫高,斜靠着身子,他真的觉得自己很老很老了。这个冬天,他感到特别的冷。在以往的冬天,他总充满一种孩子似的心境,活活泼泼的,爱看飘舞的雪花,爱看斗雪而开的红梅,爱到湘江边去披蓑戴笠垂钓,一身热烘烘的。他常想这大概与他出生于三九隆冬有关,他走出母体时,正漫天风雪,园中红梅斗妍。

父亲正从衙门乘着大轿回到家中,闻讯便说:"这孩子就叫问寒吧,字凛之。梅问天寒寒几许,傲然而立自凛之。"

十六年后,父亲死在任上。第二年,梅问寒便中了秀才。喜讯传到他的家里,他母亲泪水盈盈,说:"问寒,快去你父亲的牌位前磕个头。要是他在世,不晓得有多高兴。"

梅问寒的眼里闪出矜傲的光泽,几十年飞快地过去了,他没有什么后悔的,唯一觉得对不起先考先妣的,就是他一辈子没有娶妻生子,他喜欢一个人自由自在地生活,和他终身为伴的只有老家人梅仲君。

记得中了秀才后,他父亲的一个属下,后来做了总兵,托人来提亲,梅问寒说:"以昔日而言,则汝不配;就今日而论,则我不肯。"

那位总兵听了,很是生气,捎话过来:"梅家那小子有本事就终身不娶,我就不相信他有那个志气!"

梅问寒果然没有娶妻。不孝有三,无后为大。他在内疚之后,常安慰自己,这动乱年月,若是有家眷,有子女,便有许多牵挂,难免做出失节的事来。一个人可活可死,倒应该是一件幸事。

梅问寒几十年来,以一个名士的身份存活于世,古城湘潭无人不知。他是前清的秀才、民国的议员、国民政府的名记者,到1936年,对这一切都厌倦了,便回家乡来住进梅府当隐士。祖产和他历年的积蓄够他花销的,何况没有家室之累。

梅问寒是个爱读书多颖悟的才子型的人,作诗、写字、绘画、下棋、弹琴、品花、唱皮黄,无一不能。诗学杜甫,有沉郁雄浑之气,感时恨别,令人刻骨铭心。他极善于集古人诗词入对联,浑然天成,毫不矫饰。比如:曲岸持觞,记当年送君南浦;朱门映柳,想如今绿到西湖。上下联都是宋词中现成的句子,闻者皆击节赞赏。他的字学"二王",灵秀飘逸,又掺入一些汉隶笔意,便多出一点厚重。他的画,专攻大写意花鸟,粗服乱头,寥寥数笔,形神俱备,尤以画梅为世所重。

下棋、弹琴,别具一格。至于栽花种草,常与老家人梅仲君耕锄于园中,除侍弄几株老梅外,尤爱种植一些人所不屑的花草,如牵牛花、鸡冠花、一串红、太阳花、剪刀草、矢车菊之类,象征富贵的牡丹,他决意不种。

对于国剧皮黄,可说如痴如醉,爱看,也爱唱。生、旦、净、末、丑,各个行当都喜欢,都能说出此中奥妙。但自己唱,只爱唱老生戏,诸如《失空斩》中的诸葛亮,《探母》

中的杨四郎,《卖马》中的秦琼,《碰碑》中的杨老令公……梅问寒皆可唱得荡气回肠,遏云绕梁。

想着想着,梅问寒有了要唱一口的欲望了,便坐直身子,要把丹田之气提上来。

唱什么?唱《空城计》中的一段,二六调:我正在城楼观山景,耳听得城外乱纷纷。旌旗招展空翻影,却原来是司马发来的兵……音刚要冲出喉头,又蓦地压了下去,他不是个哑巴吗?

古城是夏天被日军攻破的。

几个月来,梅问寒足不出户,在一场大病之后,他聋了,哑了,成了一个废人。不作诗,不写字,不画画,不下棋,不弹琴,不听也不唱京戏,只是在园子里走走,看看花。

只有梅仲君总是用疑惑的目光打量他,总不以为他聋了和哑了。

夏天时,几架牵牛花开得实在好,红的、蓝的、白的、紫的,花冠又大,有小饭碗那么大。

梅仲君说:"老爷,您不画画这些花?"

梅问寒不语。

"我喜欢您画的牵牛花,一笔画出当面的花口,两头尖,中间实,再几笔画出对面的花口,中间留出一个五角星的位置,点一点墨作花心;然后淡红两笔画花筒,浓墨画花托和藤以及叶子，真活啦。"

梅问寒依旧不语。

梅问寒看了一会儿，默默地走了。

经常来梅府拜访的是日军司令部的黑田。

黑田能说一口流利的中国话，对于琴棋书画也不外行。每次来，他总是向梅问寒鞠一躬，然后恭敬地坐下来，问长问短。

梅仲君把黑田的话变成手势，转译给梅问寒看。梅问寒目光迷茫，反应迟钝，或者点点头，或者毫无动静。

黑田说："你是大大的名士，有影响的大人物，想请你担任中日亲善文化委员会主任，你的，好吗？"

梅仲君比画了好一阵，梅问寒依旧不懂，直直地望着黑田。

黑田显得很丧气。

有一次，黑田大喝一声："你的，有人说你既不聋也不哑，是装的！"说毕抽出寒光闪闪的指挥刀，架到梅问寒的脖子上。

刀上的寒气一直渗到梅问寒的心上，他一动也不动，很木讷地望着黑田。

黑田只好收起指挥刀，气冲冲地走了。

以后，梅府的电线被剪了，梅仲君寻出锈迹斑斑的烛台。

一到夜里,梅问寒的卧室里便燃起了蜡烛,火光闪闪,烛泪盈盈。梅问寒便会想起古诗中的句子:替人垂泪到天明。国破家亡,民不聊生,蜡烛也不是无情之物啊。

梅问寒顺手扯了扯床边的一根绳子,不远的一个房间里,便响起了叮当的铃声。

不一会儿,梅仲君迈着苍老的步子,匆匆走进房来。他对着梅问寒点了点头,然后,把炭盆里的火扒开,夹几块木炭架在火上,弯下身子,鼓起腮帮吹了一阵,火星子"噼啪啪"几响,有金色的火苗子喷出来,屋里仿佛暖和了许多。

梅问寒对着梅仲君做了几个手势,意思是问:"园子里梅花开了吗?昨夜的雪好大!"

梅仲君点点头,大声说:"梅花开得又红又大,花蕊里尽是雪哩!"

他相信梅问寒是听得见的。

梅问寒又做手势,告诉梅仲君:"我想去赏梅。"

梅仲君又点点头。

梅问寒终于穿戴好了,黑缎长棉袍,褐色羊皮毛靴,头戴一顶嵌玉的红顶珠瓜皮帽,拄着拐杖,跟着梅仲君到园子里去。

漫天皆白,一圈围墙分割出天地的界线,远望那几株老梅,开着灼如红焰的花,俨然一幅画。梅问寒想起父亲的两句诗:梅问天寒寒几许,傲然而立自凛之。

他搁下拐杖,"咯吱咯吱"踩着松软的雪,朝老梅走去。

梅仲君不停地喊着:"老爷,慢点,别跌了跤。"

梅问寒站在这几株百年老梅前,用手轻抚那铁干虬枝,凸凸凹凹,饱经了多少世道炎凉,却仍然倔强如昔。那些梅花,花蕊里含着冰雪,冻不住的是滚滚烫烫的心绪,好像要和冬天抗个胜负。他嗅到凛冽的空气里充盈的苦寒的梅香,泪水突然淌下了面颊。

在这一刻,他想起了书法、国画、古琴、围棋、京剧……都是中国的好东西,别人夺得去吗?!

梅问寒看了很久的梅花。忽然他对梅仲君快疾地做了几个手势,意思是:我要画画!画梅花,我要画一幅梅花送给你!

梅仲君笑了,马上又收起笑,仿佛是一个不祥的兆头。

他们在用膳室吃过早点,便一起走进画室。

梅问寒几个月没进画室了,但一切却如昨日,紫檀大画案一尘不染,笔洗里盛着满满的清水,色碟一字儿排开,砚池里汪着磨得酽酽的墨汁,棉垫上压着一张徽宣。

在这一刻,梅问寒对梅仲君充满了感激之情,他如此懂得自己,每天都这么仔细地备好一切,仿佛知道自己随时都会生发画画的兴致。

梅问寒在色碟里搁上胭脂和曙红,舀一点清水,用笔分别把颜料和匀,再搁下笔。他对着宣纸打量了一阵,拎起一支斗笔，蘸上墨，笔尖在清水里划了一下，疾速地画出梅干梅枝来，梅干老硬如铁，梅枝彼此穿插，梅枝的阳面很枯涩，留着白。

梅仲君知道那留白的地方表示覆着一层冰雪，口里说："真好！老爷，真好。"

梅问寒下意识地点了点头。然后，换了一支笔，画梅花。有五瓣完全舒开的，有含苞待放的，正面的，侧面的，上仰的，下垂的，然后画蕊，待稍干，再在蕊上点白粉，蕊上含雪。画完了，写款，用行书：梅问天寒寒几许，傲然而立自凛之。×年×月×日梅问寒画赠老友梅仲君。

梅仲君说："老爷，罪杀我了，我不过是个老家人罢了，怎么能称'老友'？"

梅问寒冲他一笑，对着他竖起了大拇指。

梅问寒觉得有些累，便对梅仲君做手势：我回房休息去了。

梅仲君一直把梅问寒送到卧室里，拨旺木炭火，然后悄悄地走了。

傍晚的时候，雪又下起来了，纷纷扬扬，天昏地暗。

突然，院门擂得山响。

梅仲君慌忙去开了门，进来两个日本兵，递给他一张请帖。请帖不是红色的，而是白色的，上面用毛笔写着："梅问寒先生：日军司令部黑田少佐恭请您今夜七时赴华南大剧院观看京剧《梁红玉》。"

梅仲君说："老爷身体有病，请原谅。"

两个日本兵拉开了枪栓，"哇啦哇啦"地咋呼着，逼着梅仲君把请帖送进去。

梅仲君只好说："你们等着。我去禀告老爷。"

当梅问寒接过请帖，便知今晚看戏非同寻常，他知道不去是不行的，既有日本兵等着，便是武力挟持，非去不可。

他从从容容穿戴好，然后拿出一串钥匙交给梅仲君，用手势告诉他：假如我没有回来，家中的一切都由你安排，谢谢你几十年来对我的照顾！

梅仲君老泪纵横，说不出话来。

"老爷，戴上帽子，还有拐杖。"

梅问寒摇摇头。

院门外停着一辆吉普车。

两个日本兵见到梅问寒，很客气地敬了个礼，然后把他扶进车里，一边一个，把他夹在中间。

吉普车很快就到了华南大剧院。

梅问寒发现华南大剧院戒备森严，四周站满了荷枪实弹的日本兵。

车刚停稳，立刻有日军文职人员上前来开车门，来搀扶梅问寒，满脸是殷勤的笑："梅先生，感谢您的光临。"

梅问寒脸上木然无任何表情。

他被挟持着走进剧院。在惨白的灯光下,他看见了座位上的许多友人,他们站起来,向梅问寒点头致意,梅问寒不停地挥着手,表示问候。在这一刻,梅问寒什么都明白了。

来的都是城中各界名流,而他作为首屈一指的人物应邀而来,至少可体现对日军的亲善态度。他觉得心如刀绞。他还发现剧院中散坐着身着戎装、腰佩枪械的日本军人,一个个眼含杀机。

那么,今晚演《梁红玉》就更有深意了,分明是想测试一下这些名流对日军的真正态度,更想窥探他梅问寒是否真的又聋又哑。

梅问寒被挟持到第一排正中的座位上。

整个一排座位只安排了他一个人。而第二排则是日军的高级军官,黑田司令正坐在他的后面。黑田见梅问寒走过来,忙伸出手去,但梅问寒装着没看见,一屁股坐下来。

《梁红玉》这出戏,梅问寒是太熟悉了。它又名《抗金兵》《娘子军》《黄天荡》,原为武旦戏,梅兰芳改编演出,拍有电影,欧阳予倩再改编,名《梁红玉》。剧情说的是金兀术入侵宋朝,韩世忠守卫润州,与梁红玉共约邻镇张俊、刘锜合兵抗金。梁山好汉的后代阮良、费保、高青也来投军助战,会战于金山江上。梁红玉擂鼓助阵,宋兵王达又诱引兀术入黄天荡,韩、梁等合兵大败金兵。

日军偏偏选择这个剧目,自然是不怀好意了。

锣鼓声终于响起来了。

黑田前倾身子,把嘴凑到梅问寒的颈后,谦和地说:"梅先生,你是个京剧通,但愿你喜欢这个戏。"

梅问寒头也不回,似若未闻。

黑田又说:"梅先生,我可以告诉你,这样一出宣传抗金兵的戏,没有人敢鼓掌、喝彩的。中国人怕死大大的。"

梅问寒只觉得一腔子血冲到了头顶,他很想回过头去,将一口痰唾在黑田的脸上,但他克制住了,依旧纹丝不动。

黑田悻悻地干笑了几声,把身子往后一仰,眼睛望着天花板。

梅问寒眼睛盯在舞台上,却什么也没看清,他的耳朵却关注着剧院各处。他听见日本兵持枪在走道上来回逡巡,大皮靴响得很粗蛮很笨重;他听见黑田取下短枪,扳动枪栓,然后再插入腰间;他听见许多友人激烈的心跳,呼吸声非常愤懑而急促。他感觉得到许多双眼睛,都注视着孤零零地坐在第一排的他。这么好的戏,居然就没有人喝彩,没有人鼓掌,寂寞如坟场,难道中国人都死绝了?!

梅问寒向不远处一个跑堂的招了招手。

跑堂的是个青皮后生,忙跑过来,给梅问寒一个洗脸把子。梅问寒对他笑了笑,掏出两块大洋给他做小费。

"谢谢,先生。"说完,他忙走开了。

梅问寒抖开拧紧的热毛巾,从容地揩了揩脸,再擦了擦手,然后把手巾往旁位的椅背上"啪"地一搁。他感觉到这"啪"的一响,令整个剧院蓦地一惊,而坐在他后面的黑田则迅速地把手压到腰间,然后才慢慢地放下手来。

黑田又把嘴凑上前来,问:"梅先生,冷吗?"

梅问寒"呸"地往地上吐了一口痰。

黑田眼露凶光,然后一字一顿吐出一句话:"中——国——人——都——是——哑——巴——"

梅问寒分明听见头上的毛发一根根铮铮作响,齐刷刷竖了起来,心里说:我是哑巴吗?我是哑巴吗?

戏演到了高潮处。

英姿飒爽的梁红玉,锐气逼人,登上鼓台,手握系着红缨的鼓槌,擂鼓催阵,掀起一片震天喊杀之声。

梁红玉唱道:

(粉蝶儿)捋鼓亲操,焕旌麾芝盖冲霄,

列艨艟,铁链环绕,听军中喊杀声高。

谁敢小觑女英杰,江天舒啸。

拥高牙,力撼江湖,秉忠肝,凭赤胆,保定了大宋旗号。

(白)呀,

(石榴花)遥望着一江风浪拍天高,

我撒网中流待钓金鳌,

> 猛几阵军中鼓角喧号,
> 鲸鲵动开巨浪撼奔涛。
> 只听得马嘶旗飘——
> 只听得马嘶旗飘,
> 腾空杀气入云表。

梅问寒听到这里,全身发热发烫,有如烧红的铁件,只觉喉头焦躁,从丹田冲上一股气流,惊天动地吼出一声"好"来!

"好"声未落,剧院各处爆发出一片叫好声,宛若炸了锅。

"好!"梅问寒举起双手喊道。

"好!"

"好!好!"

剧院里喊"好"声此起彼伏,有如海潮排空,天摇地动。

梁红玉继续唱道:

> (上小楼)眼见这點虏奔逃,恨不尽扫;
> 挽绣甲跨马提刀——
> 挽绣甲跨马提刀,
> 女天魔,下九霄,只看俺威风杀气战这遭。

满场都是喊"好"声。

梅问寒心里说：黑田，中国人都是哑巴吗？在这一刻，他从喧腾杂乱的声音里，听见了黑田从枪套里取出了枪，并把枪口对准了他的后脑勺，手指已扣到扳机上。

梅问寒蓦地站起来，疾速地转过身子。他举起手臂，对黑田说："《梁红玉》，真好！《抗金兵》，真好！"

枪响了。一连三声。

梅问寒趔趄了一下，缓缓地倒了下去。

一地的血。

梅问寒死了。

是苍老的梅仲君为他料理的后事。

梅仲君打开柜子、抽屉，发现有不少的钱和一张遗嘱。遗嘱上说，梅问寒死后，所有家产钱物皆归梅仲君所有。

梅仲君将所有钱物都用来办理梅问寒的丧事，发丧、开吊、出殡，其场面之大，可称是古城近百年之未有。出殡的队伍有一里路之长，在城中大街巡游一遍，再归回梅府的花园，埋在那几棵老梅下。墓碑的正面写着"梅问寒之墓"。碑的背面刻着梅问寒生前喜欢的两句诗：梅问天寒寒几许，傲然而立自凛之。

梅仲君忠实地守着这方坟墓，直到他溘然逝世。

《滇池》1999年5期

《小说选刊》1999年8期

鹰爪

在二十世纪三十年代，湘中古城湘潭，是史称与江西樟树、河北安国并列的"三大药都"之一。城中到处是药店、药行、药号和医寓，药香四溢，氤氲在大街小巷。名商、儒商赫赫然，如过江之鲫；俗称"郎中"的中医，自然也是成排列阵，但可誉之为"名医"的则屈指可数了。

范仲淹说："不为良相，便为良医。"可见良相与良医是同一个文化层面上的人物，凤毛麟角矣。

年届五十的侯亦民，字医相，则又是古城名医中的翘楚。他家世代为医，而且颇有名声，得其真传自在情理之中。遵祖训，正如他的名和字，一辈子以医为业，不涉官场，安安心心做一个草民，而又以良医不逊良相自矜。

他善治各种常见、疑难病症，尤以妇、儿两科最见功力。下方时他喜欢双药并用，称之为"对药"，如白苇根、白茅根，桑叶、菊花，车前草、旱莲草等，它们互相依赖、互相制约，疗效极佳，颇为同行推许。

侯亦民名声大，不仅是因医道，他还腹笥丰厚，医书之外博览群书，而且喜欢仗义执言，常在本地报纸上发表一些针砭时弊的诗、文、曲、联，脍炙人口。他非党非派，虽是小民却为名医，活人多矣，又结交甚广，这样的人物，谁要找他的麻烦不是自讨没趣吗？

早些日子，县政府欲创立"模范县"，将城东一些矮小的民居拆除，以修筑大马路，为的是利于商业流通。

驻军的八十四师师长马奋昌，被人誉为"儒将"，也全力参与地方政务，对此举十分赞赏。拆迁的房主得到了赔偿，残砖破瓦陆续运走了，路基也有了轮廓，但虎头蛇尾，却不见一口气铺上沙石，再用粗笨的大石滚去滚平。一到雨天，泥泞不堪，行人叫苦不迭。

侯亦民按捺不住了，写了篇小品文，矛头直指当权者，刊发在小报的副刊上。文章的结尾是一副对联："民居已拆尽，高位者何日才滚；马路待夯平，小人物哪天可行。"上联的"滚"，表面作"辗"用，却隐含"滚蛋"的意思。

师长马奋昌看报后，勃然大怒，给县长打了个电话，说应该把这个郎中关进县衙的大牢，让他闭上这张臭嘴！

县长笑着说："马师长，这个人可动不得，一动他就会犯众怒。再说，他是我叔叔的挚友，骂我也就骂了，还能计较？我唯一能做的，是赶快召集人把路碾平夯实。此外，倘若我们有病了，还得求到他的门下，人家是'杏林国手'哩。报纸今天出来，明天就成废纸了，他还能怎么样？哈哈。"

马奋昌思忖了一阵，把怒气咽了回去，也就算了。

万万没有想到，马奋昌真的有求于侯亦民了。

马奋昌已过不惑，发妻没有生孩子，眼下在老家湘西侍奉公婆。朝夕与他相厮守的，是一个年少漂亮的如夫人姬好好，也就是他的小妾。

如夫人迎娶前叫"姬翠花"，马奋昌觉得这个名字俗气，便从《诗经》中拈出"骄人好好"的后面两个字重新改名。"好好"，喜悦之状，希望能给他带来一儿半女，那才是好上加好哩。

可惜这姬好好，不知何故，竟患了崩漏病，也就是西医所称的功能性子宫出血。湘潭城里的名医请过不少，开了许多方子，吃了许多药，皆不见效。

有人建议请侯亦民来看看，马奋昌说："这人太刁顽，不请！"

姬好好眼圈红了，说："你不请，我自个儿去。"

"你也不能去！哪有一个女人穿街过巷的？"

姬好好哭了起来，说："将来没有后人，你别怨我。"

马奋昌叹了口气，说："唉，我先打个电话给侯先生吧，他同意来，我再派个参谋带一辆吉普车去接吧。"

侯府的电话，很快就接通了。马奋昌很恭谦地说明了原委，渴待侯先生屈尊到寒舍出诊。

侯亦民很爽快地说："在为医者的眼中，只有病人一种身份，我来！但请马师长勿派随从勿派车，午饭后，我径直来尊府就是。"

放下电话，马奋昌说："看不出这侯先生还是个雅人、高人！"

午饭后，侯亦民提着出诊箱出了家门，穿过长长的司马巷，来到平政街，叫了辆人力车。

"请去城西的唐兴巷！"

"好咧——"

湘潭最繁华最热闹的是平政街，自东向西，分为十八总，一总也就是一里路长的样子。司马巷在十一总，唐兴巷在十八总，一路过去，两边全是店铺。

车到十四总时，前面的人纷纷避让，一片惊慌。车夫也忙把车拉到街边，停了下来。

侯亦民问："出什么事了？"

车夫小声说："西霸天来了，撞着谁，谁倒霉。"

侯亦民往前面看去，果然有一个满脸横肉的粗黑汉子，一双眼睛凶光毕露，黑香云纱的衣裤，青布鞋，胳膊上架着一只羽毛如雪的白鹰。在他的后面，簇拥着五六个袒胸露臂的小混混，手里捧着索要来的鸡、鸭、鱼、肉、布匹、点心……分明是一群恶霸、地痞，居然如此张扬过市，这世道真是黑天了。

"那架鹰的就是西霸天？"侯亦民问。

"嗯。西霸天还常在闹市放鹰啄人哩，谁不小心撞落了一根鹰毛，你得赔，而且是高价，没人敢管他。"

侯亦民往地上吐了口唾沫，并发出了一声"呸"。

西霸天一伙人终于大摇大摆地过去了。车夫拉起车，飞快地跑起来。

很快就到了马府。

听见车铃响，马奋昌已站到门口迎接。他没有穿军装，着的是青灰长衫，蹬的是皮鞋。

"侯先生，辛苦了。请进！"

"谢谢。"

他们走进宽敞的客厅里，谦让着坐下来，勤务兵连忙沏上了茶。

正面墙上，挂着一幅中堂，是齐白石画的大写意《白鹰图》。白鹰伸开的翅膀强劲有力，喙尖而爪利，双眼如电。题的是唐人李白的诗句："八月边风高，胡鹰白锦毛。孤飞一片雪，百里见秋毫。"

侯亦民瞥了几眼，兀地微微一笑。

喝过了茶，侯亦民在长案上摆上迎枕、铜墨盒和笔，说："马师长，请尊夫人来吧。"

马奋昌说："好。好。"

姬好好终于从屏风后，婷婷娜娜地走了出来，然后隔案坐在侯亦民的对面。"侯先生，麻烦你了。"

仔细切脉后，侯亦民面有难色，欲言又止。

马奋昌着急地问："难治吗，侯先生？"

"不，不。此病我有把握治愈，只是……药引难寻。无此药引，则处方不能灵验。"

"侯先生，只要是湘潭有的东西，先生只管写出，我一定设法寻来。"

"那就好。我先开处方，再和马师长说药引的事。"

侯亦民濡笔于铜墨盒，在处方笺上用行书写着所用的药名及分量。然后，把处方笺递给马奋昌，说："马师长，请一阅。"

"我是外行，岂敢，岂敢。"

"我早闻马师长好读书，且又是尊夫人有恙，自然要请你过目了。"

"哦，侯先生太客气了，我恭敬不如从命。"

说完，马奋昌认真地把处方看了又看。然后问："先生治崩漏病，为何下了赤石脂、禹余粮、煅龙骨、棕榈炭、陈阿胶之类的药物呢？我是真不懂，故向先生请教。"

侯亦民点点头，觉得马奋昌问在关键处，绝非不懂装懂，是有"惑"而问。

便说："马师长，打个浅显的比方，屋内墙壁坏了而漏水，泥工补漏，必用泥土、稠胶和麻丝等物掺和在一起，才可补牢。崩漏病亦与此同理，必用质黏而性涩的矿土、这就是赤石脂、禹余粮等物；黏合剂呢，乃陈年阿胶；棕榈炭就是麻丝了。只有这样综合施用，方可奏效。"

马奋昌赞叹一声："这真是天人合一的至理名言，佩服，佩服。"

"侯先生，药引为何物呢？"

侯亦民在另一纸上，写下一行字："药引：白鹰双爪。以其煎水后，倒水入罐煎处方之药。"然后说："必须是白羽毛鹰的双爪。我听说城中大街上，有架白鹰于臂上的恶人，不知马师长敢去取来否？"

马奋昌沉吟不语，真没听说过用白鹰爪做药引的！

姬好好急了，说："奋昌，你怕那恶人不肯？多给些钱就是。"

马奋昌摇摇头，忽然似有所悟，说："是好人架鹰，以重金购买，想必也会同意。侯先生德高望重，既说是恶人，那就肯定不是好东西，钱不但不能给，还得让其吃点苦头才是。"

侯亦民说："对，对。取白鹰爪，既可治家人之病，又可惩治恶人，裨益于公众，善哉，善哉。马师长、马夫人，我告辞了！"

马奋昌立刻递上一个红纸包封，内装大洋二十块。

侯亦民说："我出诊不过十块大洋，马师长盛情，但容我璧还十块！望海涵。"

马奋昌只好应允,然后把侯亦民一直送到门外。

"马师长,药引白鹰爪不可缺,否则处方难有奇效。待夫人服完这几服药,我再上门下方吧。"

侯亦民微笑着挥挥手,飘然而去。

第二天下午,一个来司马巷侯府诊病的码头工人,告诉侯亦民一个大好消息:上午,西霸天领着几个无赖窜到码头上,敲诈那些货船的船主,突然来了一大伙当兵的,二话没说,夺了西霸天的白鹰,再把他们狠揍了一顿,还警告说下次再碰到在街市上胡作非为,枪子儿兑现!

"哈哈,哈哈!"侯亦民不由得仰天大笑,然后说,"老伙计,你报来了这等好消息,今天你的诊费,我免了!"

《山东文学》2010年3期
《小说月报》2010年5期

驯虎

古城湘潭雨湖边的这条巷子，从明代到民国，都叫古桑巷。巷子长而窄，曲而弯，且巷墙很高，夹出一线天光。大白天走在巷子里，暗暗的，阴阴的，好像身处峡谷。到了夜晚，自然没有路灯，伸手不见五指，听见脚步声响在青石板上，才知道是有人走动。

巷子里所住的人家，五行八作，都是苦流码子，当官的、做大生意的、舞文弄墨而有名声的，绝对不会跻身此间。

巷子口外是繁华的平政街，一出巷尾便是碧水泱泱的雨湖。在与之平行的数十条巷子中，古桑巷是真正的穷巷、苦巷。一家有一个单门独院的极少，多是几家同居一院，锅、盆、碗、勺此起彼伏，谁家都知道谁家的斤两。

古桑巷中段的这个院子，住着说书的艺人万声雷和码头工人伏贵生。两家南北各踞一边，都是一溜四间房：两间卧室、一间客厅、一间厨房，院子中间是一棵老桑树。巷中所有的院子里，几乎都有老桑树，一棵或几棵，所以"古桑巷"是名副其实的。

万声雷四十多岁,一妻一女,但女儿已出嫁了。他七岁就拜师学艺,尔后单独挑梁走场子,算是"老江湖"了。万声雷是个大胖子,终年剃个光头,底劲足,气口好,台上一站,妙语连珠,加上脸相、身段的配合,很得人缘。他说书用的是纯粹的湘潭方言,亦庄亦谐,到关键处,猛一拍醒木,称得上是石破天惊。常说的书目有《江湖奇侠传》《水浒传》《七侠五义》等。与别的说书人不同的是,他在说正书之前,往往要说段"新闻"作引子,都是本地新近发生的事:谁买官卖官,谁欺压百姓,谁乱收课税,谁到县衙喊冤,谁家遭劫,某人受骗……材料都来自小报,经他一渲染,又有趣又解气。等到场子里人满了,他再一拍醒木,亮亮堂堂地说:"上回说到……"于是,掌声四起。

万声雷,真是雷声万响啊。

别看他家只两口人吃饭,可父母、岳父母都在乡下,年老多病,每月都得寄钱去。因此,他每天都是说两场书,在不同的茶馆和书场赶下午场和夜场。上午休息,兼浏览买来的报纸,为说"新闻"打腹稿。也许是生活压力太大,苦闷中有了吸鸦片烟的癖好。不过,他是把干燥的鸦片烟膏捶碎掺杂在烟丝里,用铜水烟袋点燃了吸,这样花费少,也不易上大瘾。

他又听从老辈子的经验之谈,每早,用岩盐(不是海盐)漱口,可消减烟毒。而且他决不在公共场所吸烟,也决不让人知晓。

伏贵生就苦多了，不到三十岁，在码头上扛包，妻子给他生了一儿一女，一大家子的衣食，全靠那点可怜的工钱。眼下，因扛包砸伤了腰，走路一歪一歪的，只能在家养伤，整日唉声叹气，苦得一张脸又黑又瘦。

初秋了。上午的太阳光，在院子里铺上了一层薄薄的金箔，凉风吹得满树桑叶飒飒地响。

万声雷坐在客厅的窗前，专心专意地读着一张《潭城早报》。忽然，在第四版有一条"花边新闻"《药兽馆东北虎张牙舞爪》，吸住了他的目光。说的是雨湖周家山的药兽馆，从东北购回了一只吊睛白额猛虎，只要见人走近铁笼边，就咆哮如雷，凶相毕露，使饲虎者和游人都心惊胆战，只有远远避开。

他想起来了，今早天没亮他到雨湖边去练功，湖东的周家山，不断传来虎啸的声音，这畜生是水土不服，还是野性太重？竟然如此桀骜不驯！

在湘潭没有人不知道药兽馆，它是最大的同庆堂药号所设的，老板叫胡晓天，年近花甲了，可他人精明却没有老态。

什么是"药号"呢？即大批量购进中药再成批量地卖出去，做的是大生意，如同现在的贸易公司。

胡晓天长期租赁周家山那块地方，办起了只有大小走兽的动物园,而且所有的走兽又与药用有关,故名药兽馆,如虎、熊、驴、鹿、野牛、黄羊、麂、狸、獾等。虎可取虎骨、虎血、虎肉、虎尿、虎屎;鹿可取鹿茸、鹿角、鹿皮、鹿骨、鹿血、鹿肉,可直接做药用,也可泡酒、熬膏。

药兽馆既可当成动物园,让人买门票观赏,也是"鲜活"的广告,让药商认定同庆堂的药材,一律货真价实,尽可慷慨解囊一购。胡晓天的精于商道,可见一斑。

万声雷当然很熟悉胡晓天,这个矮矮胖胖的阔佬,还很欣赏他的说书,忙里偷闲,每场必到。用现在的话说,胡晓天是万声雷的"铁杆粉丝",而且是真懂,一旦听到精彩处,必大声喊"好",还会大方地掏钱"抛赏"。

对面的屋里,忽然传来伏贵生低低的呻吟声。

万声雷恻恻然,忍不住叹了口长气。

妻子进来了,给万声雷的紫砂壶里续上开水,悄声说:"这家人好可怜。"

"我出门散步时,嘱你送些米、油、盐、菜过去,你送了吗?"

"送了。还送了两块大洋。"

"穷帮穷,就该这样。"

"可伏贵生的腰伤,一时半刻好不了啊。"

"……"

下午两时,换上蓝布长衫、青布鞋,手执折扇和醒木的万声雷,到关圣殿码头边的祥和大茶馆赶场子。当他走上茶厅前端的矮小舞台,掌声便"哗哗"地响起来。他看见了胡晓天,瓜皮帽,团花褐色绸长衫,坐在最前面的一个茶桌边,正和其他茶客在闲聊。

"叭!叭!叭!"醒木响了三声。

"各位老乡亲,万声雷给各位请安了。各位吃过了午饭,喝过了酒,酒足饭饱,像神仙一样快活。快活惯了的人,想不想受点儿惊吓和刺激?"

满场子大声附和:"想!想!"

"那我就介绍各位去个好地方,那就是胡老板设在雨湖周家山的药兽馆!"

胡晓天听了哈哈大笑,说:"这万声雷把我都牵扯上了!"

"到那里去做什么?看牛斗架、羊甩蹄、野猪发情、叫驴子唱歌。这不是常见的吗?不稀奇!但有一只公虎,近日来自长白山,虎头虎脑虎屁股虎尾巴,威风八面,那简直就是大清朝的一品大员啊。"

众人大笑。

"这只老虎,身坯大,脾气也大。你想,谁让它离家别祖?到湘潭熟人都没一个;何况还不让它带家眷,它不成了寡公子吗?整天又哭又闹,只要有人走近,就暴跳就发威,恨不得撞笼而死。昨天,我看见一个穿中山装的官员,被吓得尿湿了裤子,骚味飞扬,公虎温柔了,摇头摆尾,它以为是母老虎放骚尿,向它示爱哩!各位,想不想去试一试?"

听众一个个笑得前俯后仰。

"胡老板呀,这老虎得了相思病,不赶快治,它的小命准完,死老虎就不值钱了!治这种病的人,有没有?当然有,就是和我同院住的邻居伏贵生,那是个驯虎高手!他如果治不好,各位可以砸我的场子,让我一家喝西北风去!闲言少说,上回说到武松景阳冈上打虎逗英雄,这回就说……"

黄昏,万声雷兴高采烈地回了家,妻子正在做晚饭。他从屋里拿出一个新买的铜水烟袋,还有一大包和匀的烟丝、一小罐岩盐,去了伏贵生的家。他们谈话的声音很细,而且把房门关紧了,谁也不知道双方说了些什么。

到吃晚饭时,妻子问万声雷:"贵生不吸烟,你怎么送去铜水烟袋和烟丝?盐我早送去了,怎么还送?"

"让他吸烟解解闷。我送的是岩盐,岩盐对伤病有好处。"

"声雷,你有什么事瞒着我?"

"能有什么事呢?你多心了。"

天黑后,万声雷到另一个地方说晚场书时,他发现如影随形的胡晓天没来,不禁心头一喜。

第二天一早,伏贵生忧心忡忡地来叩访万声雷。

伏贵生说:"昨夜,胡老板果然来了,说你夸奖我可以驯养东北虎,让我今日就去药兽馆,每月工钱十块大洋。"

"好,好,你可以一边养伤,一边养虎,家小就饿不着了。"

"万先生,我真不懂养虎啊。"

"我昨天教你的法子,你记住了就行。给虎喂肉,一般是上午一顿、下午一顿,但头三天要变成一小时喂一点儿,喂它个八顿、十顿。喂肉时,你就吸水烟袋,把烟雾一口接一口地喷到虎嘴边。记住,吸烟是为了驯虎,你可别上瘾。早晨,你一定要用岩盐漱口。烟丝是我配好的,岩盐你也不用买,都由我供给你。好好干吧。"

"万先生,我们全家都感谢你。"伏贵生的眼圈湿了,恭恭敬敬向万声雷深鞠一躬,然后走了。

"声雷,贵生有事做了?"

"嗯,到药兽馆去养老虎。"

"他会养虎?"

"我是'老江湖',什么事没听说过,我有绝招教给他,是个傻瓜都行——何况贵生不傻!"

院子里少了许多愁,多了许多安宁。

伏贵生有了生计,人也精神起来。

只要万声雷在家,伏贵生总要进屋来,说些养虎的事:

头一天喂虎,上午四顿,下午四顿。肉用铁叉子叉着,放进铁笼子里,老虎先不吃,只是扑跳着大吼大叫。脸色惨白的伏贵生,一手捧着铜水烟袋,一手用纸眉子点燃烟,蹲在虎笼边,"咕噜咕噜",把烟大口大口地喷向虎嘴。老虎见来人并不惧怕,凶猛了一阵后才开始吃肉。

到第四天,伏贵生只喂两顿肉了。上午九点,把肉放进去后,他蹲在虎笼边,先不急着吸烟、吐烟。奇怪的事发生了,虎不跳不叫,变得老实起来,还不停地摇尾乞怜。万先生对他说的话,真还灵验了!于是,他开始吸水烟袋,然后一口一口地把烟喷过去。烟很香,有一种醉人的味道。

伏贵生想:万先生的烟,除了烟丝之外,还加进了些什么东西呢?

日子过得好快,转眼就入冬了。

朔风一阵紧一阵,天上不时地飘落小雪花。

伏贵生的腰伤,经过吃药、敷药,基本上痊愈了。

因为东北虎变得温驯,特别是喂肉时展示出的样子十分逗人喜欢,所以游客络绎不绝,门票钱挣了不少。

药商也常在看过老虎后,和胡晓天商谈购买的事。但胡晓天只是笑而不答,这虎分明可以囤积居奇,何必急着卖急着杀!

有一天,万声雷见伏贵生没烟丝了,便又给了他一小包,并问道:"腰可好周全了?"

"好周全了。"

"可以下力扛包了吗?"

"应该可以了。我还扛什么包呢?这养虎又轻松又赚钱。"

"哦……哦。"

世上的事真是难料,当伏贵生用万声雷新给的烟丝吸烟,再把烟雾喷向老虎时,老虎先是振奋,接着便是打哈欠、流眼泪,然后是狂躁不已,大声吼叫,并用头撞笼子的铁栅栏,撞得头破血流。连肉也不想吃了,虎嘴边涌出成团的白沫。

伏贵生愣住了,这老虎怎么啦?他也敏感地发现烟味儿变了,不那么香,也没有劲道。

三天后,老虎只剩下了微弱的呼吸。

胡晓天闻讯,赶快把老虎卖了。

他对伏贵生说:"我这里没老虎了,你就另谋高就吧,抱歉,抱歉。"

伏贵生叹了口气,领了工钱,悻悻地去了湘江边的码头,和工头谈妥,他的伤养好了,可以来扛包了。扛包一个月顶多能赚四五块光洋,这不是命是什么?

大雪飘飘,炉火通红。

万声雷专门在家办了一桌酒席,请伏贵生一家子过来团聚。

酒过三巡。

万声雷说:"贵生,你不养虎了,烟也不要吸了,你没上瘾吧?"

"没……没。"

"那就好。扛包辛苦,钱虽少,但比养老虎实在。"

"请问万先生,怎么后来烟味不同了呢?"

"因为再吸下去,你就会上瘾,我有些配料没放了。买烟丝,不贵,可配料就花钱了。一家人靠着你去卖力气,你能不洁身自好?"

"那是,那是。"

"我吸烟,是多年养成的坏习惯,改不掉了,你不能学我,懂吗?"

"我懂。"

"来,明天你要去码头扛包了,我们今天就喝个痛快!"

"好!"

酒盅碰酒盅,响得很清亮……

《山东文学》2010年3期
《小说月报》2010年5期

尚梦蝶

一

　　这湘地的古城湘潭，精致而又繁华。店铺多，酒楼多，茶馆多，还有一个行当也似乎比别处来得稠密，这就是澡堂子。在那几条通衢大道边，以及那些寻常巷陌里，偶一抬头，便可发现一座澡堂子，悬挂的布被风轻拂，上书着堂名，或"玉清池"，或"第一泉"，或"新浴堂"，或"临江室"……但若论及名声的显赫，则首推"山海泉"。

　　"山海泉"开在城中最热闹的升平街上，左侧是一座豪华的戏园子，名叫"香花园"；右侧是著名的大酒楼，名叫"鸿宾楼"。戏园子里常有南来北往的名角登台献艺，文唱武打，极一时之盛。而大酒楼经营的是正宗的湘菜，尤以清炖甲鱼、红烧龟肉、熘炒鲜鲤、油烹子狗这四样最为人称道。有脸面的人，往往先上酒楼，在杯盏交接之后，带着两颊醉红，到"山海泉"去痛痛快快泡个澡，然后再到戏园子里去看戏，那不能不说是人生的一大享受。

　　"山海泉"不独位置好，而且在经营上也自成一格。高悬在门前的布招是杏黄色的，上书三个硕大的隶字，浑厚而又儒雅，出自本城著名书画家尚梦蝶的手笔。里面只设雅座而无普通间，引车卖浆者流是无福来此消受的。服务的杂役人员，皆是一色的长得清秀的青皮后生，谓之"走堂的"，一个个伶牙俐齿，善于察言观色，殷勤得让人每个节骨眼儿都觉得舒服。一个雅座设一个大瓷盆，人一到，走堂的就把热烫的水放满了，接着便替你宽衣解带，唱一个喏："您泡着，过一会儿我叫擦背的、修脚的来侍候您。"

待你受用好了这一切，走堂的忙不迭地过来了，用大浴巾替你擦干身子，给你披上洁净的浴袍，请你到堂口边那间宽敞明亮的大雅室去，侍候你在床上躺下休息，浓茶、水果、点心、香烟摆在床前的小几上。你可以一边吃、喝、抽，一边和周围的人闲聊，聊生意，聊仕途，聊学问，聊野史秘闻。然后，穿戴齐楚，高高兴兴地走出去，走出堂口，走到那油黑发亮的柜台前，矮矮胖胖的老板陈芝林，正笑吟吟地站在柜台边，殷切地问一声："您——泡好了？"

于是，客人答："泡好了。"随即把两块光洋丢在柜台上，叮当两响，很清脆。

走堂的一直要把客人送到大门口，高唱一句："您走好，下次来——"

是的，这么好的去处，下次还不来吗？

尚梦蝶就经常来。

二

在城中，没有人不知道尚梦蝶的大名。他的父亲曾做过几任知县，因不喜巴结权贵，竟不得升迁，遂告病辞官回到故乡，到底难平一腔郁愤之气，不久便命归黄泉。尚梦蝶也就再不涉足官场，仗着有些家财，终日是画画、写字、作诗、游山玩水，倒也悠悠然。于无意中，倒是成就了他的事业，善以工笔重彩画人物，仕女图尤见其妙，雪肤花貌，杏眼流春，似可闻莺声燕语。字从汉碑入手，厚重媚丽，自成一番面貌。诗也写得很见性灵，且倚马可待，本城诗坛推他为祭酒，于是领衔组织了一个吟社，曰"太白社"。他的书斋里，悬挂着自写的一副对联："尝因酒醉驱画笔；每恐情多累诗囊。"正因为如此，也就不断地有人来求索书画和诗文，留下的润笔之资自然是很丰厚的。于是，他顺理成章地下海做了专业的书画家。

日子过得真惬意。

每隔三两日，他便要上一次鸿宾楼，品尝好酒佳肴，然后去山海泉泡澡。

走堂的马小二一见他，小白脸上便堆起笑，连忙迎上来："尚先生，雅座请——"

这孩子长得唇红齿白，上上下下收拾得精精致致，可惜——怎么说呢，就是这笑总让人觉得不是从心眼里流出来的。

陈芝林在柜台里边，立起身来，笑得如同一尊弥勒佛，打一拱手，脆朗地说："梦蝶兄，您来了，请。"然后，对马小二说："去戏园子订个座，今天有好戏，《贵妃醉酒》《长坂坡》，再连着《坐寨盗马》。"

洗完了澡，老规矩——听戏。尚梦蝶往柜台上丢几块光洋——泡澡费、听戏费以及给马小二的跑腿费全在里面了。

说起听戏，尚梦蝶称得上是行家，往座上一搁，低着头，眯着眼，边听边用手在膝盖上敲着板眼。再矜傲的角儿一见坐在头排听戏的尚梦蝶，就会运足精气神，努力把每一句道白每一句唱腔摆弄得流光溢彩，绝不敢有半点懈怠。

往往一散戏，马小二就在戏园子门口接住了尚梦蝶，笑出一口白齿："老板请您去喝壶好茶，是碧螺春哩。"

尚梦蝶一扬手说："好。"

山海泉之所以有今日的发达景象，与尚梦蝶是大有些关系的。

三

十年前，山海泉开业伊始，生意很是清淡：一是它的字号不及别的澡堂来得悠久，要本城人接受一样新东西往往需费不少时日；二是老板陈芝林在各界鲜有名声，算不得一个闻人。

一天，尚梦蝶正在书斋里读《庄子》——这本书他是极爱读的，他的名字不是典出"庄周梦蝶"吗？

家人忽递过一张梅红色的拜帖，倒是清新，落款是"晚生陈芝林顿首"，字也不错。陈芝林是谁？尚梦蝶想了一阵，确信来者既非至亲，又非好友，便说："不见！"

家人忙说："他还有几张诗笺，想请先生过目。"

尚梦蝶接过诗笺，懒洋洋地看起来，第一首是七律，诗题为《春游》，当读到"如此夕阳信马蹄"时，竟拍案而起："好句！请他进来——"

陈芝林诚惶诚恐地进来了。

尚梦蝶便叫他坐。他谦让了一阵，才把屁股挨到太师椅的边沿上。

于是，两个人兴致勃勃地谈了个把时辰的诗，倒也投机。

尚梦蝶问："你在做什么营生？"

陈芝林用力地叹了一口气："开澡堂子。"

"生意好吗？"

"冷淡得很。"

尚梦蝶忽然起了怜才之心，便细细地问了此澡堂情形，眉毛一扬，说："老弟，你听我说一句话，赶快拆去那些普通间，全改成雅座！你想，隔壁是大酒楼——上得起大酒楼的人，必定是有身份有脸面的。他们在酒后的醺醺中，自然想上高雅的澡堂子泡澡，泡完澡也就去听戏了。你的澡堂子普通间，他们自然不去，怕失面子。你明白吗？"

陈芝林点头如鸡啄米。

"过几天就是端阳节了，上午我这里有个雅集，来的人不少，作完诗后，就上鸿宾楼去，然后我把他们领到山海泉来，你好好地准备着！"

陈芝林千恩万谢地去了。

果然，在端阳节的午后，尚梦蝶领着这一群名人——有政府要员，有学府导师，有商界巨子，有文坛雅士……一律的脸颊酡红、额头油亮，说说笑笑地进了山海泉，来洗菖蒲澡。瓷盆里的汤水是用艾叶、菖蒲熬煮出来的，泡了可以去风热。走堂的换了一色的漂亮后生，殷勤得让人挑不出半点纰漏，擦背的、捶腿的、修脚的，一切都安排得入入帖帖。泡完了澡，在大雅室休息时，尚梦蝶以太白社社长身份，建议大家就这件事写诗助兴。他自然是带头开始，口占一绝："尘世苍茫又一年，洗心还赖山海泉。些微波澜愁何在，翘首龙吟虎啸间。"众人一齐叫好，争先恐后"步梦蝶兄原韵，赠山海泉"。早有好事的小报副刊编辑闻讯而来，将诗抄录了去，准备发表在第二天的早报上。

尚梦蝶领头走出堂口，往那黑漆柜台上搁两块大洋。

众人皆效法，一霎时，柜台上便铺出一大块雪白的光亮，耀花了站在柜台里边陈芝林的眼睛。

此后，两元为洗一个澡的价码，就这样定下了。

山海泉从此名声大振，各界名流纷沓而来，以到此处泡澡为荣耀。

陈芝林发财了。

发财了也就再不写诗，"如此夕阳信马蹄"成了他的绝唱，他这辈子是再觅不到这样的好句子了。

尚梦蝶常为陈芝林感到遗憾。

陈芝林对尚梦蝶倒总是怀着一腔感激之情。

十年过去了。

四

这十年间，尚梦蝶虽说不在政界，也不太关心除书画诗文外的任何事。但他从日渐飞涨的物价上，从街头成群乞儿枯瘦的脸孔上，从偶尔翻翻的报纸上，痛感国事日非，子民贫困日甚一日，因而常常仰天长叹。长叹之余，便涂抹些用语尖酸的诗词，以泄心头之愤愤不平。他觉得他老了，精力自然是大不如从前，毕竟是快六十岁的人了。一个女儿早已出嫁，老妻又终日卧病在床，炉灶上老煨着一个药罐子，满室药味。他曾写过这样的诗句："相识秋风便惊老,药味飘袅书画间。"尤其是这一两年来,世道艰危,索要书画的人也就日渐稀少,幸而还有些积蓄,可赖以打发时日。

转眼就快过小年了。

天气骤然冷了下来,老北风呼呼地刮得天昏地暗,不时地撒下一层细细的雪花儿。

尚梦蝶家再请不起用人了。他也很少上鸿宾楼去喝酒,到香花园去听戏,就是山海泉也是隔数日才去一次。两块光洋洗一个澡,确实是有些贵了,当初的价码不是他随意定下的吗?年轻时"肥马轻裘"的生活,已经离他非常非常遥远了。

老朋友章怡园忽然来谒访他。

在所有的朋友中,尚梦蝶最尊重章怡园。

章怡园虽出身贫寒,却能从苦难中打熬出来,依靠官费到东洋留学,学的是商务专业。学成后竟毅然回到这小城来,一心一意经办慈善事业,在城中创办了一个贫儿院,收养孤儿弃子,常为募集经费不惜四方奔走。

一杯清茶,一席清谈,衬着炭火一炉,两个人论古说今,颇多感慨。

"贫儿院的事还顺手吗?"

怡园清瘦的脸孔上,涌上一层悒郁,摇摇头,说:"时至年关,又收了好几十个乞儿,经费匮乏,正愁得不行。"

"那怎么行？年总是要过的。"

"我也这么想。刚才去找了一些商界的头面人物，人家一个个说得比乞儿们还穷，一个子儿都不肯拿出。还有那个山海泉的老板陈芝林，甚是可恶，他竟然讥讽我说：别办什么贫儿院了，我有一家商店即将开业，聘你当头柜吧，每月薪水一百大洋。"

"这个杂种！为富不仁。"尚梦蝶咬牙切齿地骂了一句。

"我得去筹款了，梦蝶兄，您保重！"

"慢！怡园兄，需多少款项才可渡过难关？"

"五百元！"

"我还有几件宋代的字画，卖五百元钱大概没有话说。"

"这……怎么好？！"

尚梦蝶忙去柜中取出一卷字画，往肋下一夹，拉起怡园就走。

外面正下着雪。

买主知卖主急需钱用，竟把价压得极低，最终只以四百元成交。尚梦蝶又奔回家中，将柜中所积存的一百元尽数取出，一并交给了怡园。

家中真正是一文不名了。

老妻一边咳嗽，一边说："快过小年了，你无论如何总得去洗个'送灶澡'，你毕竟是个有脸面的人，借钱也要去洗！"

五

古城中,每年有两个澡是极为人所重的,一是五月端阳的菖蒲澡,二是从腊月二十四日送灶神到除夕之间的送灶澡。尤其是送灶澡,有脸面的人不可不去洗,因为除付正常的浴资外,还自觉地按自己的身份另付一笔浴资,少则三四元,多则几十元,表示自己在即将过去的一年里春风得意,故而才手面宽绰。那些年,尚梦蝶一掷就是四十元。按澡堂习俗,临走时,老板便亲自给每个洗澡的人,赠送一把修脚刀和几枚青果,以示答谢。

尚梦蝶搓着双手正愁得想不出法子来。

门外,忽有人高喊:"尚先生在家吗?"

话音未落,马小二一推门进来了。

尚梦蝶动也不动,他想起陈芝林对章怡园说的话,气也就来了。

马小二眨眨眼,堆出一脸的笑,说:"尚先生,您好久不去我们那儿啦,如有得罪的地方,请多多宽谅。这不,老板打发我来求您一件事哩。"

马小二边说边把一叠银洋小心地搁在桌子上:"您看,这是四十元,老板请您画张画儿,他挺喜欢《贵妃出浴图》。什么时候画完都行,不急的。明天——是腊月二十四,您到我们那儿去泡泡澡吧,水好着哩。"

尚梦蝶恨不得站起来,叫马小二立即把钱拿走,这龟儿子陈芝林,他懂得画吗?

但他很快镇静下来,而且明白了其中的因由。陈芝林送四十元来买画,当然不是真心实意,他分明想尚梦蝶在洗送灶澡时,再把四十元大大方方送回去。既还了情,又不破财,还干赚一张画,一举三得。

尚梦蝶冷笑了几声,说:"小二慢走,我有画好的《贵妃出浴图》,题款后即可拿去。"

尚梦蝶从箱箧里寻出一幅《贵妃出浴图》,铺在画案上,提笔写下一行款识:"尚梦蝶应陈芝林约画此幅于×年×月×日。"写完,将笔一掷,对马小二冷冷地说:"拿去给你们陈老板。"

马小二悻悻地拎起画,拼命挤出笑来,说:"尚先生,明天您一准来啊。"

尚梦蝶一声不吭。

马小二飞快地走了。

老妻说:"梦蝶,这下子好了,你可以去洗送灶澡了。"

"不。"尚梦蝶桀然一笑,"这四十元钱,可以办过年货,可以给你抓药,可以叫几个挚友来小酌,我为什么要再送回去?!这个脸面要他做什么,国尚如此,家尚如此!要紧的是好好地活着!哈哈,陈芝林哪陈芝林,你打错了算盘!"

六

第二天是过小年,漫天飘着大雪。

陈芝林直愣愣地望着门外,心里说:"尚梦蝶怎么还不来呢?"

尚梦蝶没有来洗送灶澡,他叫了几个穷朋友在家里喝酒,喝得很尽兴……

原载《清明》2012 年 2 期

典当奇闻

在二十世纪三四十年代的古城湘潭，当铺和钱庄一样，到处都是，特别是在平政街、城正街、杨家园一带，隔不了多远，就有一块"当"字布招迎风招展。

当铺说穿了，经营的是有抵押贷款，其实就是一种变相的高利贷，属于暴利行业。当铺牟利的手段，无非有二：其一，不管多好多新的东西，一搁上当铺的柜台，能够当出三成的现钱就不错了；而当到手的现钱，到了赎当的期限，必须付出很高的利息，利息一般以月计，三到五成不等，也就是说一千元钱月息就是三百到五百元。其二，到时无力赎回原物，即成"死当"，当铺可作价变卖，从中得到更大的好处。

在各行各业的店铺格局中，唯有当铺是最为奇特的，它的建筑与装饰风格，与监狱相似。大门前有一束油布扎箍的幌子，即仿原来监狱中曾有过在牢房门前挂一件衣服或一把雨伞的暗记形式；砖砌的院墙很高，柜台上方安着红色的木栅；院内用石头砌起高大的瓦房作为仓库；房檐以石头雕刻成柱子作为窗户，一如牢房。头柜（当铺聘请的业务经理）和其他伙计，坐在很高的柜台后的高凳上，隔着木栅，与顾客进行交易，居高临下，就像公堂问案。开当铺的，有个不成文的规矩，从不笑脸迎人，脸冷目光也冷。

当铺为什么形如监狱？据说很早以前，有一罪犯，因犯重案关在狱中，熬了多年成为一个牢头。他在狱中勒索囚犯钱财，买卖食品百物，又令囚犯赌博，输者以物抵款，日久集资甚多。遇赦出狱后他便开了一家"小押当"，其形制模仿监狱；物值十而押三，到期不赎则变卖折本。因为此业获利甚多，人争仿学，便成为一个行当延续下来。

但开在平政街十二总怡和坪大码头边的潭丰当铺，却与城中的其他当铺有着很大的不同，它的建筑和装饰风格绝不似监狱。店门上方悬一块"潭丰当铺"的颜字横额，厚重古雅。店堂很宽大，内设着桌、椅、花凳，花凳上四时轮换着搁上盆花，春兰、夏荷（盆栽的荷花）、秋菊、冬梅，成为永恒的程式。柜台不高，与顾客取一种平等的姿态。店堂的墙上挂着名人字画，有笔有墨，可让人尽意观赏。店堂后面是一个小院子，库房是砖砌的，红漆库门，挂着式样别致的黄铜锁。院中四角，各有一株樟树，枝叶舒展，绿荫可以遮盖整个空间。院子中间则留着一块空地，铺着细沙，据说掌柜左铭碣饭后常在这里遛腿。

潭丰当铺在业务上也独出一格，专门典当古玩字画，不像别的当铺，什么都可以典当。凡来典当的人，掌柜左铭碣和伙计都是春风满面地接待,绝不盛气凌人。

这个当铺,怪!

久而久之,人们便猜测出这个当铺之所以如此,首先是拥有雄厚的资财,你敢典当价格不菲的古玩字画,当铺就出得起价,屯得住货;而且左铭碣相信自己的眼力,他不请头柜,凡事亲躬,能够识别真假,精审价码。更重要的一条,正如左铭碣的夫子自道:"典当衣服、日用器具的多为小户人家,在他们身上获利,于心不忍。典当古玩字画的多是名门显府,他有难处需要应急,我们彼此得益而已。但我不轻视他们,殷勤接待,礼貌周全,谁没有走麦城的时候呢?"

左铭碣五十岁了,脸上终日浮着浅浅的笑意,一身上下文质彬彬,给人的感觉是儒雅文弱。其实,他的性格很刚烈,只是不露声色罢了。

有一年夏天,湘潭城一个有名的青帮小头目吴忠,着一身香云纱长褂,带着两个弟兄,大摇大摆地走进了潭丰当铺。

正在柜台里站着和伙计说着闲话的左铭碣,忙拱了拱手,说:"吴爷,你来啦,快坐,看茶——"

吴忠冷着一块脸,说:"左爷,不忙。我来当一样古玩,你敢不敢收?"

"好呀,谢你照顾小店的生意。吴爷出手,一定是上等玩意。"

"那是的。这玩意儿不知传了多少代了！"

吴忠说完，把左手袖子一捋，露出一条滚壮的胳膊，再拔出一把匕首，用匕首敲了敲胳膊上的腱子肉，"嘭嘭"地响。

"我这身子是父母给的，父母的身子是上一代给的，以此类推，这是不是古玩了？"

左铭碣脸上依旧是笑，点点头，赞叹道："果然是好古玩。"

吴忠说："既然左爷赏眼，我就切下一块来典当了！"

吴忠右手执匕首，在胳膊上切下一条肉来，然后血淋淋地搁在柜台上，再把匕首猛地往柜台上一插，刀尖入木二寸许。

左铭碣说："吴爷，恕我直言，小店也有这种东西，就不好再收你的了。"

吴忠冷笑一声："左爷，贵店既有，请给我一看。"

左铭碣也捋起左袖，右手拔出插在柜台上的匕首，笑吟吟地从瘦瘦的左胳膊上切下一条肉来，从容地摆在那条肉的旁边。"吴爷，你看看，同是炎黄子孙，这玩意儿应来自同一源头！"

吴忠愣住了，然后哈哈大笑，说："左爷，你是条汉子。贵店既有，我就不典当了，恕我打扰。"一手抓起那条肉和匕首,扬长而去。

待吴忠他们走后,左铭碣对伙计说:"拿伤药来给我敷上!"

到了晚上,左铭碣提着一个礼盒,礼盒里放了两百块光洋,坐一辆人力车,去了吴忠的家里,一是说些闲话,二是表示慰劳。吴忠很高兴,觉得在弟兄们面前挽回了脸面,很痛快地说:"我不过想跟左爷开个玩笑,左爷这样认真,倒让我不好意思了。你就放心开你的店子吧。"

左铭碣能刚也能柔,刚得是地方,柔得也是地方,一般人难及!

1944年初春,日军大举南下,锋芒逼近湘省,紧连省府长沙的湘潭,气氛顿时紧张起来。大街上游晃着一些日本浪人,腰间挂着倭刀,醉醺醺的,不时地寻衅闹事。

左铭碣的家眷早就送到乡下去了。

潭丰当铺照样稳稳当当地开门营业。

初春的雨,一会儿紧锣密鼓,一会儿细管柔弦,老天似有流不完的泪。

左铭碣坐在店堂里的八仙桌前,读着清代宣鼎的线装版《夜雨秋灯录》。忽听有人高喊:"左老板,好兴致,居然能忙里偷闲读先贤典籍!"

左铭碣一抬头,原来是同行普仁当铺的掌柜冯辛其。

"冯老板，冒雨而来，兴致也不薄！来，坐下，喝杯茶。"

冯辛其腋下夹着一个包袱，把雨伞交给上前迎接的伙计后，说："我有难事了，找左老板帮忙。"

"哦，请讲。"

冯辛其坐下来，说："我栽了，栽在一个叫寿山的日本浪人手里了。几天前，他拿了件古玩来典当，我正好不在，柜上的伙计被迫当了一千块大洋，当票上约好十天后来赎。我一看，这古玩不过是一个新造的赝品，顶多值个二十元，他怎么会来赎？"

左铭碣笑了："寿山怎不上我这里来？"

"你是一双法眼，能蒙混过关？再说，你敢切胳膊上的肉，证明是个狠角，没人敢来找麻烦。你先看看这件东西，到底是真还是假？"

冯辛其打开包袱，现出一个直径两尺多大的瓷盘，釉色洁白，盘内画着几枝娇红鲜亮的桃花，两只蝴蝶绕花而飞，十分工细。

左铭碣先是凝神细看了一阵，再双手托起，翻转来看盘底，上有一方大印：雍正御制。再用手里里外外触摸一番，凡有彩色面的地方涩涩的，似有毛刺扎手。

"左老板，雍正到现在二百来年啦，怎么还有毛刺扎手？可见是件新出窑的东西。"

左铭碣放下盘子，缓缓地说："那寿山小子自个儿也没认为是真的,真的不值当这个数。"

"左老板,那么说是假的了?"

"我也说不好。但寿山不会来赎当,这是可以肯定的了。"

"唉。"冯辛其叹了口气,"一千个大洋,对于我这个小店来说,可就是大事了,不像贵店财大气粗……"

左铭碣看着满脸愁云的冯辛其,说:"我看做工、绘工都不错,一千个大洋,还是值得的。"

"左老板,你又说风凉话了。你说值,你要不要?我让给你,只要八百个大洋。"

"老实说,我很喜欢,你出让,我仍给你原价,只是你不要后悔。"

冯辛其忙站起来,朝着左铭碣鞠了个躬,说:"左老板,我就谢谢你了!"

左铭碣对身边的伙计说:"给冯老板拿一张一千元的银票!"

冯辛其收好银票,拿起雨伞,就要离去。

"冯老板,且慢走一步,我有话要说。"

"你反悔了?"

"不,君子岂有反悔之理?我做人素来堂堂正正,我想告诉你,这个大盘是真的!这是真正的皇家库货,因为从没使用过,所以才有毛刺。我看了看胎质和画工,是典型的官窑粉彩。寿山不懂这个,冯老板也看走眼了,让我捡了便宜。你如果翻悔,我愿原物退回。"

冯辛其心想:分明是你要翻悔,反来激将我。便说:"我不翻悔。"

"那好。你暂时给我守着嘴。下月古玩行业的例会上,我要带着这个大盘去博个好价,也让那个日本浪人见识一下我的手段,他想讹诈中国人,自己却屁都不懂,猪!"

"左老板,别去惹日本人,不是自己找不痛快吗?"

"我就去惹了,他们能把我怎么样!"

冯辛其一块脸都白了,忙岔开话头,匆匆而去。

左铭碣果然把这个雍正官窑粉彩蝶恋花大盘,带到了古玩行的例会上。他先在会上介绍了这件东西的来龙去脉和对它的鉴评,然后对那个虽未临会的寿山冷嘲热讽了一番,博得一阵又一阵的掌声。末了,这个大盘以一万元的高价出手。

第二天的《潭城日报》上,登出了这样一则消息:

> 日浪人寿山视真为假
> 左掌柜铭碣慧眼识珠

冯辛其看了这则消息后,又难过又佩服又担忧,难过的是自己确实有眼无珠,高兴的是左老板羞辱了那个日本浪人寿山，但他不能不为左老板担忧，年纪一大把的人了，虽图了一时嘴上的痛快，可留下了后患，日本人能得罪吗？

这年的六月，正当初夏，湘潭沦陷了。

潭丰当铺店堂里的名人字画，左铭碣叫伙计通通摘了下来，一律换上了白纸黑字的对联，联语都是他选取的古人诗句，用篆、隶、楷、行、草各色字体写就，如文天祥的"山河破碎风飘絮；身世浮沉雨打萍"，杜甫的"万里悲秋常作客；百年多病独登台"，刘长卿的"秋草独寻人去后；寒林空见日斜时"，柳宗元的"惊风乱点芙蓉水；密雨斜侵薜荔墙"……满室素白，愁云堆积，感时伤世，一如悼亡之挽联。

生意闲暇时，左铭碣徘徊在这些对联前，低声吟哦，涕泪难禁。

在一个黄昏，日本浪人寿山和吴忠一前一后走进了潭丰当铺。

此时淡淡的略带凉意的夕光，从门口反射进来，洒满了整个店堂。

一个伙计用抹布在拭擦柜台，另一个伙计在店堂后小院的库房里整理物品。左铭碣则坐在桌子边闭目养神，听见脚步声仍是纹丝不动。

吴忠高喊一声："左爷，我给你带来大生意了！"

左铭碣睁开眼,然后缓缓站起来。

"吴爷,好久不见,这位是——"

"日本的寿山先生!"

"哦,寿山先生,早闻其名了!不知先生要典当什么?"

寿山四十来岁,窄长脸,扫帚眉,目光很凶,腰间挂着一把倭刀。他把一个很大的锦盒小心地放到桌上,然后揭开盒盖,从里面捧出一墩半尺高、四寸见方的翡翠印,说:"这是一方汉代骠骑将军的私印,上等翡翠所制,不知左老板敢不敢收?"

左铭碣笑着说:"你敢当,只要是好东西,我就敢收。看座!看茶!"

伙计高声应诺了一声:"来啦——"

左铭碣捧起翡翠印仔仔细细地看了一阵,说:"不错,是好东西。寿山先生,你要当多少钱?"

寿山说:"这印少说也值个两万元,按你们这行的规矩,我当七千元。因为手头暂时紧促,不得不这样了。一个月后,我来赎当,利息呢,左老板,你说就是。"

"月息五成,也就是三千五百元,这个利息要先扣除,你只能拿走三千五百元,如何?"

"行,行。左老板,谢谢你。"

"不必客气。"

左铭碣亲自去柜台里取出当票,填写好了,连同一张三千五百元的银票,一并交给寿山,然后转过脸问吴忠:"吴爷,近来在哪里发财?"

吴忠很满足地说:"给日本人跑跑腿引引路,赚几个小钱,哪比得上你左老板。"

左铭碣随意地说:"我猜,寿山先生拿了这几千块钱,恐怕不会再来了。一过期,对不起,我就出手换钱了。"

寿山"哼"了一声,说:"左老板,你放心,我再不会吃雍正官窑大盘那样的亏了,我会准时准刻来的!"

吴忠一脸谄媚的笑,附和道:"那是自然的。"

说完,两个人匆匆走了。

天色渐渐暗了下来,伙计忙去关了店门,扯亮了电灯。

左铭碣把翡翠印轻轻地放入锦盒内,盖上盒盖,然后吩咐伙计找来一个木箱、一叠皮纸和一小盆桐油。他把锦盒放入木箱内,把盖子钉严,然后在木箱四周糊上蘸了桐油的皮纸,一层又一层,一共糊了九层。

"你们去院子东南角的那棵树下,挖出一个深坑,把箱子放进去,厚厚地覆上土。"

"不放到库房里去,左爷?"

"不放到库房里!我要把它深埋在地下,这是好东西。我警告你们,谁也不要说出去,记住了?"

"记住了,左爷。只是不懂,为什么要埋到地下去?"

"少问!"

一个月飞快地过去,正当盛夏,太阳烈腾腾地悬在天上,空气里像燃着无数看不见的火苗子,抓一把都烫手。

左铭碣今天穿了一件白绸长衫,手执一把白纸折扇,精神抖擞地站在柜台里。

两个伙计问:"左爷,他会来赎当吗?"

左铭碣仰天打了个哈哈,"哗"地打开扇子摇了几摇,说:"会来,而且场面会很隆重。"

"为什么?"

"因为那翡翠印是假的。"

"是假的他还来?他不来赎,就成死当了,白赚三千五百元。"

左铭碣收拢扇子,用扇骨敲了敲柜台,说:"因为他想索要一个天价!我还约了不少朋友来看热闹哩。"说完,他冷冷地一笑。

上午十点钟,吴忠领着寿山意气扬扬地走了进来,不同的是,后面还跟着两个扛三八大盖的日本兵。

寿山拱了拱手,说:"左老板,我是如期而至,没有失约吧?"

"好。怎么还带了卫兵来?"左铭碣笑着问。

"这翡翠印太昂贵了,我今天赎出来,准备回国去敬献给天皇,不带卫兵行吗?吴忠,你把当票、银票交左老板验收。"

吴忠答应了一声，从口袋里掏出当票和一张七千元的银票，猛一下拍到柜台上。

左铭碣拿起当票和银票，冷冷地扫了几眼后，说："票、钱齐清了。伙计们，去后院把那锦盒取出来交给寿山先生。"

这时候，店堂里陆陆续续进来不少人，有古玩行的，也有典当行的。冯辛其是最后一个进来的，来了也不跟左铭碣打个招呼，悄悄地挤到人丛中去。

不一会儿，伙计把锦盒取来了，搁在柜台上。

左铭碣打开盒盖，对寿山先生说："也请你验收，看是不是原物。"

寿山愣住了，抖着手从锦盒里捧出翡翠印，左看右看，居然分毫未损。他咬牙切齿地说："左老板，你……行！"

吴忠说："这三伏天，它怎么一点也没融化呢？"

寿山骂道："八格牙路！蠢猪！"

骂毕，举起翡翠印狠狠地砸到地上，"乒乓"两响，刹那间这印变成了无数碎块，并立即飘出洋松香、石蜡和冰糖的气味。

众人一片唏嘘，这是翡翠吗？原来这印是用洋松香、石蜡和冰糖制作的，再施以雕工，俨然一方翡翠印。按理说，这三样东西都是易溶物，在盛夏能保存三天不损坏都很难，左铭碣不知用了什么高招？

日本兵猛地拉开了枪栓。

寿山把手往下一挥，恶狠狠地说："开路！"

左铭碣头一昂，高声说："不送！"

吴忠和日本兵簇拥着寿山向店堂外窜去。

冯辛其弯腰拾起一块碎片，嗅了嗅，说："左老板，你知假而敢收假，收了假又可以让它原封不动以归原主，有胆量也有智慧，我服了。"

左铭碣眼睛忽地湿了，他向众人拱了拱手，高声说："谢谢各位来捧场！如果我哪天离开这个世界了，今日就权当我向各位辞行！"

停了一会儿，他很潇洒地指了指挂满白纸对联的店堂，说："这个灵堂我早就布置好了，有这么多这么好的先贤诗句相伴，我心满意足。哈哈！"

笑声在店堂里回荡，墙角花凳上的一盆荷花，被震得花叶簌簌地响……

《长城》2013年4期

《小说选刊》2013年8期

秋声秋色

这是1996年秋天的一个早晨。

天刚刚从墨黑中渗出一点鱼肚白的时候，冯雨生眨一下眼睛，似乎有人使劲推了他一把，很准时很机灵地醒来了。他看见一线淡淡的曙色移动在摆放得整整齐齐的农具上，锄和耙的刃口齿尖反射出银色的光亮，他的目光立刻变得亲切起来。

这间小杂屋，原先是放置自行车和一些杂物的地方，属于工厂宿舍楼的附属建筑，一家一间。如今，成了冯雨生的卧室兼农具室，除一张简单的木床外，其余的都是农具，粪桶、粪勺、菜筐、扁担、板锄、四齿耙、铁签，墙角挂着打好的一串串金色的草鞋，床边的一个木墩子上立着一个用墨水瓶改制成的小油灯。小杂屋里显得非常拥挤，飘袅着泥土和粪水的气息。冯雨生的鼻翼有力地翕动着，这种气息使他感到安宁和满足，使他觉得乡情的淳厚与亲昵。

冯雨生划着一根火柴，点燃了木墩上的小油灯，橙红的光晕漫了一屋子，然后拿起短短的旱烟杆，在烟锅里塞满褐黄的烟丝,就着油灯的焰头点着了,大口大口地吸起来。一团一团的烟雾在灯影里飘浮,像一个一个的浪。

冯雨生望着油灯,脸上的皱纹像犁过的田垄慢慢舒展开来,很惬意。小杂屋旁边是一栋宿舍楼,他的家就在二楼,其实可以牵一根电线下来,装上灯泡,屋里随时都是亮堂堂的。但冯雨生不肯,一是耗电,每月得多出电费;二是他喜欢这曾属于他记忆中的小油灯。

为此他的老婆花宝珍说他就是个农民命。他笑一笑,心里想:工人又有什么好,尤其摊上这么个特困企业,每月三百元生活费,物价这么贵,这点钱够做什么?农民才好哩,有土地,有房屋,有农具,比工人有安全感。不过,他不敢说出口。

当初花宝珍嫁他的时候,就有言在先,她家世代是工人,是城里人,嫁给他这个从农村招工来的人,是看得起他,往后什么事得听她的。

几十年来,冯雨生唯老婆马首是瞻,这个家只有集中,没有民主,大事小事都由花宝珍做主。当然也包括床上的事。花宝珍是仪表工,对于操汽锤的锻工冯雨生,总表现出一种优越感,总说他身上有一股子洗不干净的烟火味、铁腥气。做那件美好的事时,花宝珍一边呻吟着喊冯雨生使劲再使劲,一边用保养得很白净的手挡在鼻孔前。

每当这时候,冯雨生便觉得委屈,心里说:你再了不起，也在我的下面！于是便鼓起劲来冲撞，充满一种报复的快感。但什么时候做这件事，冯雨生并不能掌握，全看花宝珍的兴趣。要是在乡下呢，还不是男的说了算，老婆能翻天？！

冯雨生吸完了第一锅烟，磕掉烟灰，又塞上烟丝。他要吸三锅烟，才开始去做应该做的事。

在乡下时，他和他爹一起起床，但他爹要吸三锅烟后才领着他去地里。他不知道为什么也染上了这个习惯。

到九十年代中期，冯雨生五十五岁了。打从十八岁招工进厂当锻工，一转眼三十七年过去了。三十七年的时光，在他身上发生的奇怪效力，使他从一个农民变成一个城里人，一个先进阶级中的人。这个过程如此漫长，但又如此不堪一击，这一点曾使冯雨生十分惊诧。

打从去年年底工厂成了特困，从半停产到全部停产，从发基本工资到只发生活费，仿佛是一瞬间的事，热热闹闹的一个厂子，冷清得如同偏僻的乡村。这真把冯雨生愁绝了，两口子都在这个厂，独生子在外地读大学，一个月得寄三百元！

幸而只一个。冯雨生感激花宝珍，她对他在床上的种种限制，以及生了第一个孩子后就庄严宣告"再不吃二遍苦"所采取的措施，导致了他经济负担的减轻。要是有两三个孩子，吃什么？想到这里，冯雨生吐出一大团烟雾，悄然地笑了一下。

忙了一辈子的冯雨生，如今不必上班了，炉火熄了，汽锤停了，闲得一身骨头酸痛酸痛的，于是，在厂区里里外外乱转。

有一天他转到厂区后门外的一块坡地上，他的眼睛突然亮得打闪。这是工厂收买了的一块闲地，原先准备建一个成品仓库，后来没钱建了，任其荒芜，长出一片绿茵茵的杂草。很清新的泥土气息直扑而来，冯雨生感到有一种很遥远的情绪涌上心头。他弯下腰去，抓起一把土，放在鼻子前嗅了又嗅，眼睛里竟流出了泪水。

在这一刻，他发现他仍然是一个农民，充满着对土地的挚爱。再回转身，打量圈在围墙里的巍峨的厂房时，竟觉得很陌生。

为了补平经济上的不足，他同厂里有关部门打了个招呼，就决定把坡地开垦出来种菜。种出来的菜除自己吃之外，还可以出卖。

他把这个计划告诉花宝珍时，花宝珍皱起了眉头，冷冷地说："你是一个工人，不是农民。种菜？丢人！"

冯雨生第一次昂起了头，粗咧咧地说："那我就没别的办法了。孩子的学费、伙食费你想办法吧，我管不了。"

花宝珍愕然地望着冯雨生，突然发现冯雨生铁青着一张脸，怪吓人的。

她顿了一下,说:"我闻不了那股子泥腥气、粪水味!再说,我帮不了你什么忙,我没当过农民。"

冯雨生见花宝珍口气软下来了,忙赔上笑脸,说:"种那么一块菜地,好玩样的,不劳你动手。你怕闻那种气味,不要紧,楼下的小杂屋放农具,我——再在里面安一个床铺。"

花宝珍说:"就这样吧。"

冯雨生知道城里绝对找不出一家卖农具的地方,得上郊外的小镇上去。他变卖了自行车和手腕上的一块瑞士表,揣着钱去买农具。

在小镇上的一家农具店里,他十分里手地选择农具,用手去触摸板锄的刃口,看钢火的成色;有节奏地敲击桶帮,听一听木质的质量如何;仔细打量菜筐篾条织得是否均匀,折腾了好几个小时,才把所需农具选购停当。

他有了属于自己的一间屋,一张床,一盏灯,一排农具。想坐就坐,想睡就睡,想穿草鞋就穿草鞋,花宝珍再也管不着了。当然,在某个夜晚,还不算老的身体有了某种欲望,想到对面的二楼去找花宝珍,但想想又躺下了,忍一忍吧,又不是像年轻人那样烧燎得受不了。

那块坡地很快就开垦出来了。冯雨生理菜畦,下底肥,栽菜秧子,浇压蔸水,忙得有滋有味。

他的打扮也变了,脚蹬自打的草鞋,裤管卷得高高的;

头戴一顶草帽,腰间扎一条长手巾,完全是一个菜农的样子。他没有什么不习惯,一切都自自然然,顺理成章,仿佛他原本就是这个样子,压根儿就没有当过什么工人。

菜地里的收成真还不错,冬天的大白菜、黄芽白、白萝卜,春天的菠菜、小白菜、冬苋菜,夏天的蕹菜、苋菜、黄瓜、丝瓜;一入秋,菜地就更好看了,冬瓜、南瓜、茄子、丝瓜、辣椒、秋白菜,红红紫紫绿绿,爱煞人。

自家是吃不完的,富余的可以出卖。冯雨生从不在工厂宿舍区卖,都是熟人,碍着情面,价喊高了,彼此难堪,价低了,自感太亏,他便挑到菜市场去卖,样样都是好价钱。

卖菜的钱自然全数交给花宝珍。花宝珍并不接钱,嫌那钱上有怪味道,叫他丢在桌子上。

这一天,吃饭的时候,桌子上会放着酒和下酒菜。花宝珍高兴了,偶尔会说:"下午好好洗个澡吧。"这时候冯雨生的身上就会发热发烫,因为花宝珍暗示他今晚可以上楼来睡了。当然,这个澡,冯雨生要洗很久很久,打两遍香皂,每一个缝隙里都照顾到,只差没把骨头抖出来冲洗一遍了。

终于,冯雨生抽完了三锅烟,把烟杆往腰间一插,再在脚上套一双新草鞋。他吹熄了小油灯,天已经大亮了。今天他要去菜地摘菜,冬瓜、南瓜、茄子、辣椒,摘它满满一担,挑到菜市场去卖。他挑起两只大菜筐,走出小杂屋，然后小心地把门带上，"砰"的一响，很清脆。

关门的声音刚一响，宿舍楼二楼的一个窗户打开了，花宝珍探出头来，说："雨生，记着今天去领工资。"

冯雨生抬起头，望着睡眼惺忪的花宝珍，知道她并没有起床，只是从被子里匆忙跑出来的。她的话语仿佛来自很遥远的地方，飘飘缈缈，若有若无，冯雨生老半天才明白"工资"是怎么一回事。是的，这个日子对于冯雨生来说，已经变得很生疏了，只有花宝珍还记得这么清楚。

他说："我摘菜去！"

花宝珍"哼"了一声，说："随你的便。"然后就把窗子关上了。

冯雨生挑着空空的菜筐，朝他的菜地走去。宿舍区静悄悄的，往常，人们因为要上班，早忙得热火朝天了。冯雨生喜欢这种安静，这种空旷，他听着草鞋在地上摩擦出的窸窸窣窣的声音，就像回到几十年前的乡下，空气里飘着植物和泥土的气息，他有了要喊叫什么的欲望。

初秋的太阳升得很早，又圆又亮，像一面金色的大铜锣，似乎只要轻轻一击，就会发出洪亮的音响。

冯雨生想起他在乡下时，老跟着爹在菜地里转，重复着栽菜、浇菜、锄菜、摘菜的单调劳动，烦透了。城里正搞大跃进哩，楼上楼下，电灯电话，多过瘾哩。十八岁时，冯雨生招工了，他把这喜悦告诉爹时，爹说："不去！当菜农有什么不好？我们有房子有土地有农具，过日子不愁，当什么工人！"

冯雨生也发了蛮，说："如果爹不让我去，我就死在你面前。"

他爹头都大了，就这么个传香火的玩意，别弄出什么意外来，只好同意了。

后来冯雨生把这件事告诉锻工班班长邓大刚。

邓大刚说："你爹是小农经济思想，三十亩地一头牛，老婆孩子热炕头，都这样，社会主义从天上掉下来？"

可过了两年，苦日子来了，粮食定量低不说，连蔬菜都少得可怜。一到星期天，冯雨生就回乡下去，到爹和姐姐们的家里去吃顿饱饭。

他爹说："你说，当工人有农民好吗？这土地不亏人，出产养活人的东西，钢铁能塞饱肚子？"

苦日子持续了三年，总算过去了。后来，冯雨生的爹死了，他也成家了。

冯雨生想起了老班长邓大刚，大脸膛，浓眉毛，亮眼睛，喜欢戴一顶鸭舌帽，算起来退休已经几年了。邓大刚住在他老婆工厂的宿舍区，很少到厂里来，听说只每月发工资的时候来一下，但冯雨生极少碰到他。

在和老班长共事的几十年，冯雨生对他充满了敬佩之情，他一身是伤，可从没有休过一天病假；按规定锻工一个月两双帆布手套,可他只领一双,手套上布满了自己补的补巴;出了次品、废品,他心痛得好像在心上斩了一刀。尽管老班长不少次地骂过冯雨生,说他老改不掉农民习气,心里总有一个为自己拨拉的"小九九",但冯雨生心悦诚服,人家处处做出榜样,像个地地道道的工人阶级。

记得有回锻造大型锻件,老班长操纵汽锤,冯雨生和几个伙伴各执一把大铁钳,夹着锻件翻动。冯雨生使的是虚力,并不真正使劲。

老班长一眼就看出来了,吼道:"你以为这是在乡下出工,可以偷工取巧?这是个大集体,要齐心合力,你懂不懂?"

冯雨生一块脸红得像刚出炉的坯件……

冯雨生沿着厂区的围墙,走向他的菜地。

他不知道邓大刚现在的生活怎么样,每月三百元生活费,能够买什么呢?一件衣服几百元,一双皮鞋也是几百元,王八卖到一百六十元一斤,一斤白菜都要一元钱。记得邓班长有四个孩子,应该都参加工作了,都成家了,假如都有个好单位,还可以补贴一下老人,假如也是特困呢,那就惨了。

在这一刻,冯雨生格外思念老班长,一颗心悬悬的。

冯雨生终于来到了他的菜地。

他习惯性地在菜地边放下菜筐,把扁担横搁在上面,然后小心地坐在扁担上,掏出烟杆,含在嘴里,并不急着塞烟丝和打火。在摘菜之前,他要好好地看看、听听和嗅嗅他的菜地,正像他已经过世的爹。

阳光斑斑点点地在瓜棚上、菜畦上跳跃着,像一群顽皮的孩子,它们给绿叶涂上好看的金边,给圆滚滚的冬瓜、扁圆扁圆的南瓜、胖嘟嘟的紫茄、鲜红的辣椒抹上铮亮的光泽,如同上了一层彩釉。风吹过,绿叶发出簌簌的音响,有如金属的薄片互相触击。

什么地方传来饮露的蟋蟀的叫声,还有地蚕拱动土粒的细音。冯雨生的心醉了。他开始深深地吮吸氤氲在菜地里的气息,很清新很湿润的气息,从鼻孔流入,缓缓地盈满他的五脏六腑,他觉得整个身体渗入了红红绿绿紫紫的色彩。他是不是就是其中的一株?!

冯雨生从红红绿绿紫紫中,忽然幻视出一张一张的人民币,一张一张地翻动,并且有着簌簌的音响。他明白这些蔬菜很新鲜,价钱也是很走俏的,红辣椒两元一斤,茄子一元伍角一斤,冬瓜、南瓜呢,不会少于一元钱一斤……冯雨生就这样在菜地边看了许久,听了许久,嗅了许久,想了许久。

太阳升起很高了。

身后突然有了脚步声,冯雨生莫名其妙地紧张起来,人未转过脸去,先是一声断喝:"谁?谁!"

"老冯,是我,不是偷菜的!"

声音好熟悉。冯雨生连忙站起来,转过身子,站在他面前的竟是邓大刚。

邓大刚穿着一身洗白了的工作服,戴着一顶鸭舌帽,脸色黄黄的。

冯雨生手足无措起来,嗫嚅着说:"老班长,好久没见你了。"

邓大刚笑起来,说:"我也好久没见你了。今天来领工资,说是要过几天,白跑一趟。听说你的菜种得好,特地来看看。"

"老班长,坐一下,抽一锅烟?"

邓大刚摇摇头。他的目光突然落在冯雨生穿草鞋的脚上,愣了一下,然后哈哈大笑起来。

"老班长,你笑什么?"

"雨生,还记得你第一天上班的事吗?好快,几十年就过去了。"

冯雨生脸红了。

冯雨生招工进厂时正逢炎夏,因身体壮实,分配干锻工。他持着劳资科开的分配单,到仓库去领了崭新的翻毛皮鞋、帆布工作服和洁白的手套。在宿舍里,他左看右看,舍不得穿,收到那口小木箱里。第一天上班,他穿着一件土布汗褂子,脚蹬从家里带来的一双麻草鞋,愣头愣脑走进了锻工房。

在场的人,围着他转了一圈,笑得腰都直不起来。

邓大刚火了,对着冯雨生吼道:"这是工厂,不是乡下,当工人有工人的样子。火星子溅到皮肉上,好玩的?回去!换上工作服、工作鞋再来上班。"

冯雨生被骂得晕头转向,慌忙跑回宿舍,穿戴齐整了再回到锻工房……

冯雨生尴尬地把脚往后面缩了缩。

邓大刚问:"草鞋不磨脚?"

"不。蛮舒服的。"

"几十年工人白当了。"

冯雨生茫然不知如何回答。

"一个月卖菜有多少收入?"

"五六百元钱。"

邓大刚点点头,说:"雨生,你行,你当农民的那点精明还在。"

"老班长,你摘些菜回去吃吧。"

邓大刚摇摇头。

冯雨生塞上烟丝,点着火,大口大口地抽起来,烟雾很呛人。然后说:"老班长,我又种上菜了。"

"是啊。"邓大刚极目很远的地方,随口说了一声。

冯雨生又说:"老班长,还记得不?我进厂不久,锻工房三班倒,空闲时间多,我又不像城里伢子,打球、下棋、看电影,玩得昏天黑地。我不会玩,一身力气没地方去,就在单人宿舍后面的山坡上开出几块菜地种菜,菜长得真好,然后挑到家属区去卖。这下可惹了祸,团支部批评我,你还组织全班人开会帮助我,要我克服小农经济思想,要我学习工人阶级的好品格。我痛哭流涕,悔得很,会后我就去把菜地平了。以后,我总是以你为榜样,苦事累事抢着干,还得过好多回先进哩。"

邓大刚沉默不语,眼神渐渐飘散开去,显得很迷惘。突然,他在自己的胸脯上狠狠地擂了一拳。

冯雨生沉浸在久远的回忆中,一时间还拔不出来,他继续说道:"我还记得你当时说:'工人阶级之所以是先进阶级,就因为他们没有生产资料,一切都是国家的。农民呢,家里有农具,有菜地,有房屋。'"

冯雨生一点都没有戏谑的意思,他的样子很真诚。

邓大刚说:"你又有了菜地,有了农具。"

冯雨生说:"我们大家都有了房子。没有的也在买房。"

邓大刚长长地叹了一口气,然后说:"我该回去了。"

冯雨生望着邓大刚迟缓而去的背影,感到老班长真的老了。

冯雨生开始腻腻地摘菜,按往常习惯,他每次只采摘一两个品种,可现在他是见什么摘什么,冬瓜、南瓜、茄子、辣椒、秋白菜，胡乱地扔到菜筐里去。他的情绪突然变得很坏，好像失落了什么，一点也高兴不起来。

他直起身子，遥望着围墙内的一片厂房，确定着锻工房的位置。此刻，他特别思念锻炉里炽烈的火焰，钢砧上排山倒海般的锤声，以及在锤头下柔如面团的锻件。他又想起了老婆花宝珍，她已经很久不指责他身上的烟火味铁腥气了，而只说他身上老有一股洗不净的泥腥气。

他是工人还是农民？

冯雨生最终还是把菜担到菜市场去卖了。当然，他没有去工厂的财会室，因为没有什么工资可领。

吃午饭时，花宝珍说："下午去洗个澡吧，一身的泥腥气，越来越像个农民了。"

冯雨生突然愤怒起来了，他把筷子重重地往桌子上一搁，吼道："老子不洗澡！老子不上楼来睡！"然后，竟像孩子一样地呜呜大哭起来……

《芙蓉》2014年1期

《作品与争鸣》2014年8期

破毡笠

当大清帝国不知不觉就衰老了的时候，湘楚之地的古城湘潭冠冕帽庄的生意正如日中天，让不少同行又敬佩又忌恨。

城中帽铺帽庄知多少，各有高招绝活，但就是没有冠冕帽庄风头强劲。你可不要认为冠冕帽庄有多么宽敞明亮的作坊，有多么漂亮气派的铺面，烈烈扬扬，有一股"气吞万里如虎"的做派，没有！它永远是一副小心谨慎、低眉下眼的模样，你说怪不怪？

冠冕帽庄开在城中堪称第一繁华的平政街，但它的店面却极窄，柜台、货架漆色斑驳，显得古旧而寒碜。店面虽不起眼，柜台前的顾客也不是很多，看不出生意有什么格外红火的地方。

可就在这平平淡淡的店面的后面，却有一个极大的院落，院落还分前院和后院，前院有一排砖砌的平房，那便是制帽的作坊，以及所雇工匠的生活起居场所；而后院是掌柜卓孙之一家的安顿处，有厅堂、卧室、书房、厨房之属，还有一个四时花草繁茂的小庭院。这店面后的院落，卓孙之从不邀外人进入，此中缘由，无人知晓。

冠冕帽庄店面虽窄虽旧，却慷慨地在两边挂着一副紫檀木雕刻的鎏金对联：

弹冠相庆无论官绅仕民
出门一笑各自南北东西

联语是卓孙之自拟的，切题而雅致。字是卓孙之的手笔，行书，颇得《兰亭集序》帖的风致。刻字的，是城中的名刻手，工价是一百两白花花的银子。卓孙之什么都考虑省钱，但年年按时在对联上涂刷金粉却是很大方的。他说：这金字招牌可以招财进宝，那是万万怠慢不得的。

冠冕帽庄是百年老字号，帽子的主要市场是在辽阔的北方，那里天寒地冻，特别是有钱人家，十分钟情各类高档的呢、绒、皮、毛帽子，卓孙之便瞅准这些人的钱袋，做出各种花色品种来。

帽庄另一宗大项货单，则是制造湘楚之地普通百姓所需的粗毡笠帽（这种帽子用一种极粗糙的厚毡布做成，圆顶阔边，形似斗笠，可遮阳可挡雨，既御寒又吸汗），销量极多。有人估算，冠冕帽庄每年可获纯利万两白银。哎呀呀，一万两白银，可以堆成一座小山，富得流油不是！

可惜，卓孙之没有一点富翁的样子，穿着如一个乡巴佬,吃得更节俭,桌上每日难见荤腥,不喝酒,不吸水烟,不看戏,不赌博,不去逛青楼,从不借贷钱款予人方便,亦不参加任何赈灾救贫事项,当然,他也决不会去占人便宜。多少人指他的后脊梁,悄悄地说长道短,他一笑置之,他有他的生活信条。

很多的时候是苦着一张脸,盘算着如何革新帽子,如何节省开支,如何打开销路。大概是思虑过多的缘故,额上皱纹渐密,中年时就显出了老相。幸而在回到后院那块他谓之乐土的地方,还留存着若干雅气,于亮洁的书房中,读些诗词杂著,作些对联,制些谜语,自拟些诗钟之类文字,因此他的身上,既有鄙俗的商气,又有飘逸的文气,二者相糅相杂,倒显出另一种可爱。

这个人哪!

湘潭名医黄白云却和卓孙之甚为相契,称得上是莫逆之交。

按理说,他们是两路人,根本掺和不到一块儿。

黄白云出自名医世家,饱读诗书,医术上有独到之处,活人多矣。三十岁上应诏进京跻身太医院,腰间别着可以自由出入皇宫的腰牌,成为一个令人艳羡的御医。可他深以为苦,为宫中人看病,一切都要小心翼翼,仰人鼻息,有什么意思?稍有不慎,即会招致杀身之祸。何况宫廷中的那些恩恩怨怨，是是非非，岂为外人所知？处处囹圄，步步陷阱，并非夸饰。好容易挨到五十五岁，父丧，才找到一个借口，以奔丧守孝为由，乞请长归故里，又幸得恩准，于是如脱钩之鲤，匆匆南归，在湘潭开一医寓，自由自在地过起日子来。

他医术精明，求医的达官贵人、平民百姓络绎不绝，但他每日只开诊方十个，多一个就是磕头作揖喊他"爹老子"也不肯把脉了。但若是穷苦人来，虽在名额之外，他却另有招数，他会说："我这里有规矩，在医寓内只限十方，我不能破例。你告我地址，且在家等候，我即刻便到！"看完了病，诊金一概不收，他的解释是这一天等于只诊了十个病人，规矩是破不得的。

这一点很为人称道。

黄白云很懂得过日子，读书、弹琴、下棋、猜谜、作联、喝酒、看花，还吹得一口好箫。他的箫是铁的，声音最是纯正，一些唱昆曲的票友都喜欢和他一起拍曲，那是一件很过瘾的事。他有时也会去青楼坐一坐，只喝酒听曲，但不留宿，从从容容来，潇潇洒洒去。

关于黄白云的箫，有一个故事在城中流传甚广。是一个冬天的黄昏，黄白云从友人家拍曲归来，大雪纷纷扬扬下得极紧。路过一家小旅店时，忽闻有凄婉悲切的箫声传出来，黄白云一听，心想：审其声似悲失亲人，且心已碎且死。于是入旅店,一问,果然是一个羁留在此的外地人,得家书闻其妻骤死,取自带之箫吹了一夜一天。黄白云说:"不可入门去,待我以箫救之。"于是,他立于门外,吹起铁箫,作欢悦之声以杀其悲。半个时辰后,门内箫声寂然,黄白云叫人破门而入,吹箫人昏倒在地。黄白云切了脉,开一方,留下一些钱,交代店小二劈碎那支箫,先煎出汤汁以灌,再按方检药以调,生命就无险境了。

黄白云的医术真是炉火纯青。

他对卓孙之的评价是:富而吝,但忠厚,有书卷气。这评价十分准确,比如,卓孙之从不参加"吃请",既不参加任何宴请,也就自然不必"请吃",他不欠人情,也就不必还人情;即使到要好的人家做客,他必定要掌握好时间,做到不被人留餐。他常到黄白云的住家兼医寓造访,一般是过午或晚上去,喝一杯清茶,谈诗论文,在"商"事上从不着一字,这一点很让黄白云佩服。

他们的订交是在几年前,黄白云偶过冠冕帽庄,看到了卓孙之所撰的对联,觉得很有意思,就进去了,买了一顶冬天戴的皮帽子,顺带和卓孙之聊起天来。当卓孙之知道来者是黄白云时,一定要退还钱款,黄白云岂肯依从。卓孙之说:"论年纪,你长我八岁,是兄长;论名声,你无人不知,特别是以箫救人,弟佩服得五体投地。你戴我庄的帽子,是抬举我。你想,有人问先生帽子何处所购,你必答冠冕帽庄，等于为我庄扬名，我并不吃亏，你也可心安理得。"黄白云只好收回钱款。

伙计沏上茶来。

卓孙之说："我曾读过一本闲书，上有一副写医家的对联，可惜只记得上联：医道可以通仙，必谓业精岐黄，术妙孙张，则吾岂敢？兄是博学之人，可记得下联？"

黄白云心中一喜：这上联分明是他所作，拿来考我的，却借口忘记了下联，好，少俗商之气，可见他平日是爱读书的。便说："这本书我倒读过，只是忘记了书名，但下联却是记得的：师承原来有主，信解科习内外，病分表里，临症不迷。"

卓孙之说："分明是夫子自道，惭愧惭愧。"

两人相视而笑。

自此，两人交往甚密。

秋风又吹起来了，满城飘散着菊花的芳香。按常例，卓孙之又该进京了。大批的呢、绒、皮、毛帽子已运走，他要去拜访各家帽店，收回一年来代销的钱款，并推销新款式的帽子，以获得更多的订单，一般要忙到春节前夕才赶回湘潭。

这天华灯初上，他便去了黄白云家，向老友告辞。庭院里月光流淌，菊香氤氲。

两人隔几而坐，啜茶聊天。

黄白云发现卓孙之的脸色很憔悴，便关切地问："贤弟身体可好？"

"好，好，身子骨壮着哩。"

黄白云便不再作声，知道卓孙之忌讳说他有病，有病必须吃药，吃药又得花钱，他舍不得。

"呵，孙之，你将进京，正好昨日有一个英国牧师请我看病，送了我一瓶三星白兰地，饮一盅如何？"

卓孙之摇摇头。

黄白云叹喟道："你呀，不必这样克俭自己，人生得意须尽欢，李白说得太妙了。"

卓孙之忽有所思，说："我想起了一副无情对：三星白兰地；四月黄梅天。"

黄白云喊了一声："好！"

所谓"无情对"者，即上下联的内容要风马牛不相及，但对仗却又十分工整，这"白兰地"对"黄梅天"，可说是夺天工之巧。

卓孙之兴致大增，念道："马齿苋。"

黄白云忙答："鸦片烟。"

多好的一副无情对！

两人哈哈大笑。

"好马不吃回头草。"

"宫莺衔出上苑花。"

卓孙之说:"白云兄捷才,佩服。我再出上联,是一句古诗:欲慰苍生须作雨。"

"我用三种病成句以对:相思黄疸急惊风。如何?"

"妙极了!"

月光在他们身边流来流去,菊花在夜风中微微摇曳。

卓孙之在这个夜晚,有了一逞才情欲与黄白云一决高下的冲动,他说:"我们来打诗钟,可否?"

"孙之,你明日要启程远行……"

"无妨无妨。"

于是,黄白云寻来一些小纸片,两人在纸片上写上一些名词,然后搓成团子,搁在一个小碟子里。

黄白云说:"贤弟先请!"

卓孙之谦让了一番,便拈出两个纸团子,展开,分别是"杨贵妃""近视眼"。

卓孙之站起来,踱了几步,出口吟道:"风前仙袂飘飘举;天上星辰断断无。"

黄白云说:"好得很。第一句借用《长恨歌》中的意味,以隐喻杨贵妃;第二句写近视眼之观物朦胧,绝妙。我也想出来了:面前但觉乾坤小;掌上犹嫌体态肥。"

卓孙之脸一热:"兄之造句比我的自然、贴切,且有深意。第一句写近视眼,言近而旨远;第二句是'环肥燕瘦'之概括,却直指杨贵妃。该兄了。"

黄白云又拈了两个纸团子,展开一看,写的是"抹胸"和"蟹爪菊花"。

"孙之,我献丑了。你听:乳香贴护双峰凸;花蕊撑开八脚圆。"

"白云兄,妙自然是妙,第一句太香艳了。我的是:新词抱肚谁家宝?瘦影爬沙满地金。你看如何?"

黄白云说:"弟之作在我之上,我服了。夜深了,下次再续雅兴吧。孙之,你在京日子长,也有闲得无聊的时候,便可去找我的小友白黄云。他的姓名和我的姓名只是倒了一个字,比我小十来岁,在太医院当御医。我们共事多年,意趣颇为相投,医术是极高明的,又好诗赋之道,你们可以交交朋友。我为你写封引荐信,可好?"

"谢谢。"

"这个白黄云呀,平生的毛病就是过于狂傲,他很难看得起一个人,尤其在医术上。但确实是一个高雅的人,才气横溢。如不改这毛病,恐怕有杀身之祸。"

这话是什么意思呢?卓孙之听不懂。

"白云兄,我明日一早动身,就此告辞了。"

"好,一路平安。"

菊花凋残了,红梅开了,春节快到了。

卓孙之神情凄切地回到了湘潭。

当他走进黄白云的医寓时,恍如一只孱弱不堪的病鹤。

卓孙之说:"白云兄救救我。"

声音微弱、呜咽,黄白云大吃一惊,忙招呼卓孙之坐下,热情地沏上茶。

"孙之,怎么回事?"

卓孙之长叹一声,随之眼泪也下来了。

"白云兄,临到回家前的一个月,脑袋突然剧痛不止,我以为是偶感风寒,只好延医诊治,竟然药石无效。早些日子,实在不堪忍受,只好持兄所写之引荐信,到太医院去找白黄云先生切脉。他很热诚,切脉罢,说:'你的寿期还有一月左右,速速归家料理后事,要不就来不及了。'白云兄,你救救我吧,我上有老母,下有儿女,怎么能撒手而去?到如今,才知道赚再多的钱又有什么用,省吃俭用又为的是什么?我好悔。"

黄白云说:"莫急,待我来切切脉。"

卓孙之急不可待地把手搁到医枕上,黄白云敛声屏气,给他细细切脉,认真地辨识脉象之后,说:"这白黄云不愧为杏林国手,他的诊断准确无误。你平日思虑太多,脑髓亏损,唉。"

卓孙之大喊一声:"难道我只有坐以待毙?你黄白云以箫救人,难道就想不出什么法子来救我!"

黄白云的心"怦"的一响。他想起那支被劈碎的竹箫,断痕里沾满血丝,那是吹箫人心气之所在,然后熬出汤汁以灌,续回那一口将断的气息。他在厅堂里踱起步来,足有个把时辰,然后停住步,说:"你得的这种病,论理恐难生还。我刚才想出一方,聊作诊治,病好了我不居功,没好也不是我的过,如何?"

卓孙之说:"兄只管讲来。"

"你的帽庄所制之粗毡笠帽,多为引车卖浆者所戴,又因家贫,五年十年难得更易,且不常洗。你千方百计去收买,记着,要青壮年所戴的毡笠,不怕破,不怕脏。"

卓孙之惊大了一双眼睛,说:"天下哪有用破旧毡帽入药的?"

"这你别管,我自是有依据的。收这些毡帽,人家未必情愿,要舍得出钱啊。"

卓孙之说:"……我……知道……"

第二天,城中到处可见冠冕帽庄所贴的告示:凡青壮年所戴之一年以上的旧破毡帽,可到帽庄来换取新帽,并另付一顶新帽的现钱以表谢忱。

众人议论纷纷,这帽庄掌柜是不是发疯了?哪有这样做生意的!更多的则是赞誉不已,这是做善事啊,破财消灾,破财积德,卓孙之必有好报。

来换帽的人源源不断,破旧毡帽竟收了几千顶。

站在柜台里的卓孙之,一脸是笑,一辈子他就没这样快活过!

黄白云应邀前来,他望着轻松快活的卓孙之,心想:这病应该是有救的。他从中挑选了百来顶又脏又破的笠帽,都是油汗浸染、污垢厚积。然后安排人在后院架起大铁锅,盛上清水,把毡笠投入,升火煎熬。他对卓孙之说:"待煎熬出浓浓的汤膏,用大瓦坛盛了,早晚各服一小碗,你可记住了。"

卓孙之说:"记住了。"

黄白云飘然而去。

三个月过去了,卓孙之剧烈的头痛日轻一日,又过了些日子,竟痊愈如初。

卓孙之订制了黑漆金字大匾,上有四个大字:神仙中人!雇请了鼓乐班子,一路燃放爆竹,把大匾送到了黄白云的家里。

黄白云望也不望那块匾,待鼓乐班子散去了,对卓孙之说:"白兰地还未开瓶,饮一盅如何?"

"一盅太少,我们要一醉方休。明日我请你去游雨湖,再邀几个朋友,在湖心亭作文酒之会。"

"好。"

"孙之,你得暇写一封信给白黄云先生,告之详情,非为自炫,实可让其警醒也。来,喝酒!"

"好,喝酒!"

不久,黄白云收到自京城寄来的白黄云的信札,便拆阅之。

白云先生:

京师一别久矣,常在念念中。顷接卓孙之函,尽悉详情。先生之医术,在我之上,拜服不已。

卓君脑髓亏耗,剧痛难熬,按古方惟以生人脑方可救治。生人脑岂可得之?故我断为绝症。然先生以健壮者所戴之毡笠入药,乃前无古人也。毡笠戴于头,浸濡脑汗,亦积存健壮者之精气神,以理推之,自可补脑。平生狂傲,以医术自矜,日后岂可不检点乎?谨拜。

白黄云顿首

黄白云读完信,微微一笑:"黄云有救矣!"

日子如流水般逝去。

果然,白黄云在未来的日子里,拾得了一条活命。

西太后垂帘听政,光绪临朝,新党旧党相争日剧。突然光绪帝重病在床,欲治愈则太后不悦,若出差错则有弥天大罪。白黄云忽一日口吐鲜血,以病乞归。以他先前的脾气,是认为没有什么不可治的病症,除非是绝症。他的请求很快被恩准,暗自一笑,从此避开这是非之地了!

出京前,他给黄白云发了一封急信:"白云先生,不日我将到贵地探访,把酒临风,纵论医道人心,其喜何如!"

《长城》2014 年 5 期

《新华文摘》2014 年 24 期

百年老锅

在湘潭的仿古一条街——金富街,开镥锅铺的鲁焰明,与开酱羊肉店的戈晓声,关系十分亲善。大家常把他们相提并论,称之为"鲁、戈",谐音就是"镥、锅"。这既是他们的姓氏,又有他们所操职业的特征。

金富街古香古色,是十年前由市政府出资建造的,所有店铺经营的项目,都与传统的食品、日用品、文房用品和其他消费有关,即便是工匠技艺,概与时尚无关,比如修理汽车、电脑、电视、游戏机的行当,都不在此落户。

鲁焰明五十有五了,大脸膛,连鬓胡,个子粗壮,手脚也粗壮,说话像响雷。他开的鲁氏镥锅铺(在湖南方言中,镥锅就是补锅),很不起眼地嵌在街西头,门脸窄,堂屋小,楼上则是仓库与卧室。堂屋即工作间,摆着小火炉、小风箱、坩埚、小铁勺、铁钳、刮刀、锉刀、三足铁架、废铁、小矮桌和几把凳子,里里外外就他一个人——还有火光中映出的一条身影。儿子鲁焱三十岁出头了,成了家,生了一个孩子,他不愿意继承父亲为人修补破锅的手艺,而是在郊外开了一个私营铁锅制造厂,手下有几十号人马,产品销量大，进钱如流水。

鲁焱常劝说父亲，别干这又脏又苦还不赚钱的营生，眼下家家户户虽用铁锅，破了就扔，有谁还去用补好的锅？那多没脸面。父亲若是闲得慌，可随时到他的厂里去遛遛腿。

鲁焰明粗眉一竖，眼珠子鼓暴起来，吼道："屁话！这条街上有多少熬糖、炒瓜子、花生、红薯片、小花片，烧制猪蹄、卤肘子、五香排骨、酱羊肉的老铁锅，都是上年岁的宝贝，破了能丢吗？没有老锅就出不了美味。特别是戈家的那口百年老锅，破了就要找我来镥。正如湘潭土话所说的'一个寻锅镥，一个要镥锅'，谁也离不开谁。为了他们，我愿意待在这里！再说，我们相处多少年了，一见面，说起话来合味。"

儿子小心地说："爹，我说错了，只要你快活就好。"

"这就对了。你看看铺面两边的那副我拟的对联，说的就是我的心里话：'家传良艺寻锅镥；君欲镥锅上门来。'"

"爹的古文根底好，我比不上。"

鲁焰明禁不住哈哈大笑。

有事没事，喜欢来镥锅铺探看鲁焰明的，是戈晓声。

戈晓声比鲁焰明大三岁，五十有八了。他的老戈酱羊肉店开在金富街的中段，两开门脸，铺面宽阔，曲尺形的柜台乌黑闪亮。站柜台的是他的儿子戈锋和儿媳，他与几个伙计在后院的工作间，亲操宰羊、切肉、烹制、调料等工序。戈家制作酱羊肉，已经好几代了。戈晓声出生前一年，他家的店铺就公私合营了，父亲成了一家肉食加工厂的工人，祖传的手艺没法子弄了。一直等到戈晓声高中毕业，他父亲便在家中悄悄教他如何制作酱羊肉。那时候找工作难，戈晓声就闲在家里琢磨、操练这门功夫。到"文化大革命"寿终正寝，接着是拨乱反正、改革开放。于是，戈家寻出好好收藏的老锅，挂起老牌子，酱羊肉店一下子就起死回生，一经问世便声名大振。店子先开在城中别处，尔后再迁到了金富街。

  戈家的酱羊肉，其一是选料精，采购的是北方西口的大白羊，再关在本地的乡下饲养一段日子，制作时只取羊的前半截，其余的则转卖给饭店、酒楼。其二是调料的配方独特，以丁香、砂仁、桂皮、大料等为主，外加酱、盐、香油等调味，肉质不仅香、绵、有嚼头，还有开胸理气、增进食欲等药用功效，可做零食，可佐酒，可下饭。其三是包装古朴、卫生，都是用干荷叶以盛。还有两个更重要的缘由，首先是烹制的大铁锅，是家传的百年老货，不管你怎么洗涮一净，仍可见上面油脂闪亮；不管用清水煮多少次，煮开的水面都漂着油花；用它煮出的羊肉味道透鲜，仿佛百年美味都渗透在肉里。还有就是神奇的老汤，每次制作酱羊肉都要留几勺浓郁的汤汁，放入蓄放老汤的陶坛里，下次开锅煮时，再从陶坛中舀几勺老汤放入锅中，于是多少年来老汤不断不竭,永具名牌的风味。

戈家的酱羊肉,每日限售二百斤,每斤六十元,不涨价,也不跌价。午夜后开始制作,天亮后开始上柜发售,近午即告罄。戈锋曾想再扩大经营规模,戈晓声说:"我家只一口百年老锅,一天就能烹制这么多!"

外地到金富街的人,都想去老戈酱羊肉店,问店在哪儿,有人立刻用手一指,说:"那儿!大门对联写的是:'一品美味;百年老锅。'"

戈晓声最看重的是传家宝百年老锅,生铁铸的,敞口,直径四尺,深浅合度,四方有耳。开锅前,他必在厨房案子上的香炉里点燃三根高香;煮完了肉,必命人将锅洗个干净,再小心地盖上大锅盖。原先很厚的锅壁,在年长日久烈火的烧灼下渐渐地薄了、脆了,时不时会漏出一个洞、裂开一道缝。于是,赶忙让人抬到"鲁氏镴锅铺"去,请鲁焰明去镴锅——补漏焊缝,铁锅上留下了许多补过后的"疤痕",一块一块的,像和尚的百衲衣。

要补锅的时候,戈晓声必亲自到场,表示一种礼数。

"鲁兄,又要麻烦你了,海涵。请抽烟。"

鲁焰明接过递来的香烟,说:"戈兄,你太客气了。我是镴锅匠,做的是分内事。我给你泡杯龙井茶,儿子才送过来的。"

"谢谢。我天天担心呵,这锅还能用多久?"

"你放心。哪里破了,我就补哪里,手上的功夫,我还是有把握的!"

"有你这句话,我就睡得着觉了。呵呀呀,这龙井不错,是明前茶,还都是一叶一芽的,叫'一旗一枪',几千元一斤哩。鲁焱是个孝顺孩子。"

"再孝顺也让我生气,他就不学镥锅!我说莫小看了这门手艺,当年花鼓戏《补锅》写的就是我们这一行,不是演进了中南海吗?还是戈锋听话,硬生生就接了你的班,这才是家门有幸。"

"一代人有一代人的想法,勉强不得。"

"那倒也是。"

鲁焰明坐在小板凳上,用夹钳往风火炉里架好煤块,再有力地拉动风箱,不一会儿,红、黄、蓝的火苗子直往上蹿,火光映得他的脸膛熠熠生辉。他把烧铁水的坩埚置于炉火上,再从一个小木箱里抓出一把铁碎片,丢进坩埚里。

"戈兄,这是上年岁的老锅碎片,用它烧化成铁水,来补你家的老锅,这才叫因材而用。"

"装裱行修补古画,必用古代的纸和绢,达到修旧如旧的效果。兄镥锅也遵照此理,最见匠心,对吗?"

"对,你很有器识。"

坩埚里的铁水沸腾起来了。

鲁焰明把百年老锅,搁到三足铁架上。他右手用铁钳夹起一只小铁勺,从坩埚中舀出一勺铁水;左手则托着一块隔热的石棉布垫,布垫上放着一层炭灰。他飞快地把铁水倒在左手托着的布垫上,并马上把铁水塞入锅下的破洞处;丢开铁钳的右手,迅速握起一个用石棉布卷成的长圆筒,从上面压住透过漏洞的那团铁水,上下一使劲,让铁水均匀地漫满破洞。待铁水冷却,那个破洞也就焊牢了。

"鲁兄,你手到病除!那边的一个洞就大多了。"戈晓声说。

"那就得连补四到五次。"

"辛苦,辛苦。"

"不。油烟中分明闻见酱羊肉香,让人满口生津,是享受。"

当几处漏洞、裂缝补好后,戈晓声又递烟过去,说:"歇口气,你也是五十好几的人了。"

鲁焰明摆摆手,大声说:"手性、心性都顺了,我要一口气干完,停不得!"他边说边用锋利的小铲刀,把铁水焊处凸起的"疤痕"铲平,再用锉刀细细锉光,最后又用金刚砂纸认真打磨一遍。他舒了一口长气,说:"好了!可以歇下来和戈兄促膝谈心了!"

戈晓声打手机叫店里来人,以便把百年老锅抬回去。没有闲杂人在旁边,他好和鲁焰明开怀畅谈。

"鲁兄,我是俗人办俗事,该付工钱了。"

"好。补一处十元,共五处,计五十元。"

"有一处你补了四次啊。"

"我也是一口价,就只要五十元!"

"鲁兄,我沾光了。"

"笑话,我不是也赚了快乐吗?"

"我知道你开这个铺子,除付房租费、水电费、税费外,就余不了几个钱,你是真正的不赚钱赚吆喝。"

"戈兄,就为了这条街上的这些老锅,就为了这些坚守老行当、老手艺的人,我愿意干这行!"

"鲁兄,中央电视台有一档节目叫《大国工匠》,你难道不是?"

"过奖了,我只是小街工匠。戈兄更是我的表率,你每天只卖两百斤酱羊肉,多一两都不行,为的是保证质量,这才是传统的儒商之风!"

"惭愧,惭愧!"

这么多年来,鲁焰明就很少去戈晓声的店子回访,想吃酱羊肉,由儿子鲁焱去买;想聊天吧,他知道戈晓声耐不住会来这里。

有一次,戈晓声委婉地问这是为什么。

鲁焰明说:"你的店子大,人多势众,我远不如你。古人说:贵可访贱,见仁者之心;贱访贵,则显献媚之态。请海涵。"

"鲁兄,这是什么屁话,我贵了吗?"

春去秋来。丹桂飘香中,还有半个月就是中秋节了,金富街的所有的店铺都忙碌起来了。

这天夜晚,华灯初上。戈晓声忽然打电话给鲁焰明,说请他到酱羊肉店来,有要事相商。数步之遥,打什么电话呢?而且戈晓声的口气里透出难抑的焦灼,鲁焰明知道肯定是出什么事了,便急急地赶了过去。那句"贱访贵,则显献媚之态"的古语,在此刻丢到九霄云外去了。

酱羊肉店的门早关了。门后应早有人等候,没等鲁焰明举手敲门,门开了。开门的是戈锋,亲热地说:"鲁叔叔,我爹在后院等着。我把鲁焱也叫来了。"他边说边把店门带上了,还上了栓。

"鲁焱怎么也来了呢?"鲁焰明心里大感不解。

在后院的一间休息室里,小方桌上摆着酒和菜,在场的只有鲁、戈两对父子,共四个男人。

戈晓声的脸色很沮丧,大家刚坐下,他就急急地说:"鲁兄,可不得了,下午我不在店里,戈锋夫妇去搬动老锅时,儿媳脚一滑,跌倒了,老锅摔到地上,破得不成样子了。人背时,喝口水都呛喉咙!"

鲁焰明说:"不过是锅破了,我是镥锅匠,我来镥就是,你急什么?"

戈锋用手指了指墙角的一堆碎片，说："烧了好多年的锅，太脆太薄，又曾补过无数次，一落地就碎得体无完肤。鲁叔叔，这还能补吗？"

鲁焰明一看，倒吸了一口冷气，少说也有成百上千块大小不同的碎片，纵有鬼斧神工也难恢复原样。他摇摇头，再摇摇头。

戈晓声说："没有百年老锅，酱羊肉就少了成色，这店子还怎么开得下去？天哪，天哪。"

鲁焱问："爹，你不是说只要是破锅就可以补吗？"

鲁焰明拉长了脸，冷冷地说："你如果能把大块小块拼放好，我可以来试试。"

鲁焱一吐舌头，说："我不能，大概别的人也不能。"

鲁焰明对戈锋说："你年轻，肯定有想法，你说说看。"

戈锋说："我想，这锅即便今天不破碎，将来有一天也会破碎，有什么可悲叹的？鲁焱是铸造铁锅的行家里手，就请他按原规格铸一口锅，酱羊肉照样做，店子照样开！"

戈晓声一拍桌子，说："用这样的新锅制作酱羊肉，还是那个味道吗？我宁肯关门大吉，也不用这样的新锅！"

戈锋说："爹，你听我说，莫发脾气好不好？我们家的用料，选用西口大白羊不会变，是不是？"

"是。"

"调料的配方也不会变，对吗？"

"当然。"

"那一坛老汤还在,没馊没坏,这是最关键的,对不对?"

"没错。"

"那么,就算换口新锅,味道也许差点儿,但依旧很传统很正宗,人们吃得出来吗?换新锅的事只要保密,谁不认我家的这块老招牌呢?"

鲁焱说:"铸锅的事,小菜一碟!我包了。"

戈晓声猛地端起酒杯,仰脖一口干尽,再把杯子重重放下,眼里涌出了泪水,说:"戈锋的话也许在理,但店门两边的对联是:'一品美味;百年老锅。'百年老锅没有了,大家看重的就是这玩意,再做酱羊肉,不是骗人吗?我心上的这道坎怎么跨得过去!"

鲁焰明掏出香烟,递给戈晓声一支,自己嘴上也叼了一支,打着火,狠狠地吸了一口。

戈晓声也点燃了香烟,问道:"鲁兄,你见多识广,想个两全其美的法子吧。"

"就不知戈兄肯不肯听啊。"

"听、听、听!"

"来,我们碰个杯,再干一杯酒。"

"要得。"

"戈兄,你记不记得我补这口百年老锅时,坩埚里熔化的是我收藏的老锅碎片？"

"记得，记得。"

"你还夸我这就像装裱匠修补古画，要用古纸古绢，以便修旧如旧。"

"是啊，是啊。"

"刚才，戈锋和鲁焱说到铸造新锅，突然让我有了灵感。就让鲁焱去铸锅，原料是这口百年老锅的碎片，还有我的仓库里历年收集的许多老锅残片，当然还可以加少量的新金属，用专门的炉子烧炼、熔化，再用新制的与百年老锅相同规格的沙模浇铸出来。这口新锅用的主要是老锅的原料，年代和质地摆在那里，真实可信，也就是说它的魂还在那里，只是铸造的工艺和时间是新的、现代的而已。"

戈锋兴奋起来，拍手大声说："这叫传统的根本还在，又融入了现代的元素，与时俱进，好得很！"

戈晓声横了儿子一眼，说："我让你说话了吗？"

戈锋说："爹，对不起，你说。"

"鲁兄呀，这个主意……好，我们现在都是用这种观念在做事，日新而日日新。"

"戈兄，你同意了？"

"嗯。"

"今夜良辰美景，我们哥俩要喝个痛快。鲁焱、戈锋，你们就不能休息了，抓紧去备料、制模、铸锅吧。"

戈锋问父亲:"店子要关门两天,用什么理由出个告示?"

戈晓声说:"这也要我教吗?就说正在研制新的调料配方,休业两日再开门迎客!铸锅之事,你们要守口如瓶!"

戈锋、鲁焱齐声回答:"是!"

两个年轻人飞快地走了。

半轮明月升上中天,院子里灯光与月光交织在一起,花影、树影飘落一地。秋风飒飒,凉意满襟。

戈晓声说:"我们一手提壶、一手持杯,到院子里去行吟饮酒,如何?"

"风雅之至!学一学李太白,但不是'月下独酌',是月下双酌!不是'对影成三人',是对影成六人!哈哈。"

"哈哈。鲁兄,到院子里去!'我歌月徘徊,我舞影零乱'。"

《湖南文学》2016 年 11 期

芳草斜阳小院

古城湘潭曲曲巷十八号，是一个极为精致的小院，院墙很高，满满地蓄着花光树色，牡丹、海棠、萱草、牵牛、玉兰、菊花、竹子，还有一棵老梅树，梅花开出来不是红的也不是白的，而是绿的，懂行的说那是绿萼梅，名品！院门很重很黑，两扇门上分别缀着古旧色的兽头，兽口里衔着圆硕的铜环，这叫铺首衔环，象征着一种昔日的气派。客人来了，一摇铜环就会发出清亮悦耳的声音，叮当、叮当，金属之声溅得满巷子都是。

在二十世纪五十年代，这样的小院在古城的街巷多得是。一看见这样的小院，就知道这户人家是很有根基的，祖上或是做过官，或是经过商。

曲曲巷的人称这个钉着十八号门牌的小院为白家小院。从有这个小院起，就这么称呼。这户人家的最高权威是白老太太，她的丈夫姓穆，是个教中学的老师，在新中国成立前就病逝了。白老太太是个旗人，她爷爷那辈就驻军在湘潭了，做过统领之类的高级武官，在当时一个统领的年俸为六万两白银，啧啧，这是个何等显赫的数字啊。白老太太出嫁时，据说是她自己选的夫婿，一定要是汉人，而且是读书人，家境只要过得去就行了。于是，败落了的穆家的独生子被她看中了，白家陪嫁了不少好东西，当然包括这个院子。白老太太结婚的时候，已经三十有三了。这个院子是白家给的，自然要称之为白家小院。

据居民小组长刘婶说，这个家白老太太说一不二，谁都要听她的，就像慈禧太后一样。儿子、儿媳和孙子早晚得按旗人的礼节请安，他们站在白老太太面前，连大气都不敢出一口，低着头，双手下垂，鱼贯而入，尔后又鱼贯而出，有如在舞台上演戏。

白老太太只有一个儿子，叫穆旗，为什么起这么个名字呢？大概是让儿子莫忘记他是旗人的后代。在户口簿上"民族"这一栏中，她叫穆旗填的是"满族"。但这个"旗"字的意义，旁人并不知道，总会联想到"红旗""旗帜"之类的语汇，充满了一种革命激情。孙子呢，起名为穆满。

白老太太的权威性，表现在她对这个家庭重大事件的决策上。这些决策在当时可以说是惊世骇俗的，让人不可理解，但几十年后，人们方悟出此中和种种妙处，都说白老太太是个精怪，她太懂人情世故了！

儿子穆旗是刚解放时的初中毕业生，本是可以到政府部门去当干部的。那时的初中生，称之为知识分子，属于高学历。但白老太太却断然让儿子去了公家的搬运社当搬运工，成天在关圣殿码头上扛包，汗珠子落地摔八瓣，挣的是几个血汗钱，这是何苦来哉？

穆旗二十岁时，该娶老婆了。曲曲巷有个女孩子，是穆旗的初中同学，父亲是开小杂货铺的，属小康人家，她很喜欢穆旗，穆旗也很称意她。白老太太却把个头摇得拨浪鼓似的，一边用细白瓷小盅喝着茶，一边说："她家不配，一个小家女子！"穆旗吓得半天没回过神来。不久，白老太太托人到乡下，找了一个贫农家的女孩子，人是她亲自去看的，十八岁，生得细腰削肩，明眸皓齿，可称绝色。娶回家来，将时新衣服一换，把巷子里的姑娘都比了下去！然后，让儿媳去街道办的织袜厂当了一个挡车工，成了名副其实的工人阶级。这就怪了，开杂货铺的配不上白家，难道这穷得只有几间茅草屋的贫农家倒般配了？

还有一件事也很奇特，那个年代没有计划生育这一说，能生多少算多少，哪家哪户不是儿女成行？除非生不出来。当白家儿媳生了一个儿子后，白老太太亲自去药店请了一个有经验的郎中来，给儿媳号过脉后，开了一服绝胎药，从此，白家儿媳的肚子再没有凸起过。白家儿媳觉得很委屈，但不敢吭声，常常偷着哭泣。

白老太太说："你将来会感谢我的，有用的儿孙不在多，你们往后的日子也会很轻松！"

白家小院的门经常是紧紧地关着，板着一张拒人于千里之外的脸子。这一家人与邻里之间基本不通来往，既不去串门，也不邀请别人来。那个小院里到底发生过什么事，谁也不知道。

每天天刚亮，穆旗的老婆出门去买菜，然后回来做饭。一家人吃过早饭，小两口去上班，顺带把孩子送到一家幼儿园去。中午，小两口赶忙下班回来，做饭给白老太太吃。孩子中午在幼儿园用餐，直到傍晚才接回来。曲曲巷中的孩子没有上幼儿园的，年轻人忙着上班，闲着的老人带孩子，所谓含饴弄孙，实在是一种乐趣。但白老太太不带孙子，也不做饭，她整天干什么，不会闲得骨头发痛？再说，进幼儿园可是要花钱的。

刘婶问过穆旗："你妈在家忙什么？"

穆旗说："养花，看书，一刻也不闲的。"

刘婶酸酸地说："她老人家好福气，到底是见过大世面的。"

穆旗掉头就走了。

一个月中，可以一两次走进穆家小院的，只有刘婶。她是居民小组长，去检查火烛安全，发放老鼠药，布置卫生大扫除。每当她走进院子，扑面而来的是一片怒绿欢红，蝴蝶也翩翩，蜜蜂也嗡嗡，宛如到了另外一个世界。若是大雪天，虽然满目枯寂，但墙角那棵老梅树上，却缀满了绿色的梅花，空气里弥漫着清纯的香气。她心里想：可惜了这一片土地,若是栽上菜,该可省下多少日常费用!她羡慕的是东院墙边的那口井,是一口甜水井,白家用水是不用去湘江里挑的。那时曲曲巷还没轮上吃自来水,家家都靠肩膀挑水,路程不短。刘婶一看见井就有气,白家也不关照一下邻里,让大家到这里来挑水多好。白家有井,还有很大的水缸,缸口有八仙桌面那么大,一半埋在土里,上面有木盖子。挨院墙有两口缸,常年蓄着水,是浇花草用的;厨房里也有一口缸,永远满着,是供饮用的。但刘婶从没看见过屋子里有书,也没看见白老太太看过书。

其实,穆旗说的是实话,白老太太每天要做的无非两件事,一是侍弄花草,二是看书。

白老太太可说是花草的知己,是真懂,不是瞎弄,花草似乎为了报答她的勤勉,一年四季都长得快快乐乐的。她有许多妙方,是小时候跟自家的花匠学的,不是嘴巴上的把式。比如茉莉花,在根部埋上鸡粪,花开必极盛;海棠花在冬至日的早晨,以糟水浇其根,花色就十分鲜丽。此外,欲引竹根过墙,在近竹根处泼上羊汤,再慢慢泼到墙边,竹根也就渐渐地引过墙去了。但这些经验,她从不告诉任何人,只是高高兴兴地去做,做的结果是满院子都是蓬蓬勃勃的花草,好像永无穷尽。

白老太太爱看书,她的书收藏在她的卧室里,秘不示人,都是一些老版本,如《红楼梦》《镜花缘》《聊斋》《三言二拍》，以及一些诗、词、曲集。也有现代作家的言情小说，如张恨水的《啼笑因缘》《金粉世家》，林纾的翻译小说《巴黎茶花女遗事》《鲁滨孙飘流记》《黑奴吁天录》《伊索寓言》等。她看书，是在侍弄完花草之后，除了她的影子之外再无他人，净手，换衣，沏茶，然后坐在窗前认认真真地看书。她虽没进过新式学堂，但自小家中请人教过旧书，整整教了十年，因此古文基础是相当厚实的。有时兴致来了，也作些诗词自娱——也就是自娱而已，连儿子、儿媳都不知道她还会这些玩意。她写过一首自认为很得意的《一斛珠·咏燕》的词，纯粹一脉婉约派的风韵，感时伤世，竟不露半点痕迹。词云："玳梁来去，旧时王谢今何住？乌衣巷口斜阳驻。春社年年，怜煞差池羽。绿水人家须记取，双双玉剪抛红雨。芹泥觅得商量补，隔断珠帘，花底喁喁语。"这些手迹，她用一个小箱子锁着，放入一个大木柜里，大柜外面再加一把锁。她虽深居小院，却以儿子的名义，订了一份《湘潭日报》（原名《建设报》），世上发生的大事小事，她都怀有高度的警觉之心。

这个四口之家，只有穆旗和老婆有工作，但两个人的工资加起来不到七十元，何况还有一个孩子半托在幼儿园，当然谈不上贫困，可也绝对不富足。但曲曲巷的人发现，白家小院的生活是相当不错的，这从白家儿媳的菜篮子里可以看出来，在小菜的下面，总有羊肉、牛肉、鸡蛋、鱼之类的荤腥，而且隔三岔五，会提一些点心盒子回来。此外，一家老小的衣服，不但布料好，而且款式新。白老太太还常打发穆旗去陶器店买回式样古雅的陶瓷花盆，去花木店买回一些正当时的花草。

这让曲曲巷的人很忌妒。忌妒归忌妒，还能把人家怎么样？这钱不是偷的抢的，不是坑蒙拐骗来的！至于是不是白家祖上留下来的，谁也说不准。

白老太太隔上一段日子，也会穿得齐齐整整，多半是在上午九点多钟的时候，从从容容地锁了院门，上街去。她手里提着一个湘绣的不大不小的黑缎女式手提包，缓缓地从巷中走过。她的脸白里透着红，身体一点也没有发胖，因此步子很轻盈。

站在各家门口的老爷子、老太太很羡慕地看着她，亲切地和她打着招呼。

"白婶，上街遛遛腿？"

"嗯啦。"

"白婶，您精神？"

"不行了，老了。"

白老太太出了巷口，再走一截路，才会叫一辆人力车坐上去。她上街不是去买东西，她才不管这类事情哩；也不是去走亲访友，她不与任何人建立起这种过于亲密的关系。她是去离曲曲巷比较远的一个银行，或者是一爿公家开的古玩店，悄无声息地用一些金银首饰或小巧的翡翠玉件，换回一沓一沓的人民币。然后在夜深人静时，再把钱交给儿子、儿媳，让他们好好地安排一家的生计。白老太太说："活就活个滋润。你们心里明白就行了，嘴上牢靠点。妈会把一切安排好的。"

1958年，整个中国大地突然像一锅煮沸的水，热气腾腾。

在此的前一年，是"反右"运动，曲曲巷别的没什么改变，就是多了一个右派。穆旗是个扛包的搬运工人，从不乱说话，他老婆是个初小生，说话就脸红，闷葫芦一个；白老太太是个家庭妇女，不与人打交道，所以白家小院安然无恙。

1958年是大放"卫星"的年头，据说乡下到处都是"万斤田"，随处可见千斤大西瓜、百斤大扁豆；城里则到处耸起了土高炉，烟火冲天，炼出了如山的钢铁。更了不得的是，几亿人民一夜之间都成了诗人，写出了数不清的好诗。诗多到什么程度呢？有个农民唱道："你歌没有我歌多，我歌要比牛毛多。唱了三年六个月，才唱一只牛耳朵！"

曲曲巷居民小组也要开赛诗会了。刘婶各家各户去通知，兴奋得一块脸通红通红的。时间是晚上八点，地点是巷尾后的大坪里，自带板凳，不准缺席。

煤气灯早挂起来了，洒下一片灿烂的光辉，曲曲巷几百号人把个大坪坐得满满的。

中国不愧是个诗国，无论男女老少，身上都带着诗的基因，一开口就是诗。当刘婶宣布赛诗会开始时，一个个争着站起来，吟出一首首气势磅礴的诗，掌声也就如潮如汛。

刘婶忽然指着白老太太说："白婶，穆旗说您在家常看书，您来一首？"

白老太太说："他吹牛，我字都不识几个，哪里还懂得作诗，别难为我了。"

刘婶说："您真的不想来一首？"

"想啊，就是出不了这个风头。"白老太太嘴角叼起冷冷的一笑。

"好吧。穆旗，你是初中毕业生，有文化，来一首！"

穆旗从人丛里站起来，很大方地说："我就来一首：六亿神州展宏图，处处都是土高炉。钢水长过大江水，千年万载不断流。"

穆旗是一口地道的湘潭口音，"图"读成"头"，"炉"读成了"楼"，于是也就合辙押韵了。

刘婶大喊一声："好！长中国人的志气。"

白老太太一块脸扭曲得很难看，她对身旁的人说："我有点头疼，先回去了。"

赛诗会开到子夜才结束，穆旗夫妇说说笑笑回到家里，孩子背在她妈的背上，早睡着了。当他们刚刚走进客厅，白老太太从里间闪了出来，低低地喝了一声："穆旗，跪下！"

穆旗一块脸蓦地白了，忙在方砖地上跪了下来。

"穆旗，你知错吗？"

"不知。"

白老太太走过去，甩了儿子两个耳光。

"我来告诉你错在哪里！第一，在这样的场合，你出什么风头，岂不知言多必失的道理？第二，你也懂诗？这全是胡闹，诗是这样作的吗？我要为诗一哭！第三，你怎么能在外面说我在家里看书呢？记住，我是从不看书的，我只是个近乎文盲的老太婆！"

穆旗说："妈，我记在心里了。"

"回房去睡吧。"

穆旗站起来，跟着老婆，缓缓地走向东厢房。

白老太太望着他们的背影，长长地叹了一口气。

"卫星"上天，没有坚持多长时间，就一齐陨落了，接踵而来的是极为难熬的三年困难时期，不论城乡，所有的物质都匮乏起来，人人都为干瘪的肠胃得不到补充而忧心忡忡。曲曲巷中不少人都得了水肿病——全身浮肿，一按一个深深的手印，这是因粮食不足，长期缺少油腥所致。只有白家小院风平浪静，虽然粮票、油票、肉票是限量供应，但称之为"黑市"的高价粮、油、肉等贵重东西，在当时允许存在的自由市场还是能够买到的，只要有钱。白家儿媳总是凌晨四点多钟的时候就出门,坐公交车到城郊去采购这些东西,天还没亮,她就满载而归了。商店里不凭票证的高价糕点和糖果,则由白老太太领着儿媳,在夜里出门去买回来,因为她知道哪个品种营养价值高。

小孙子穆满这时候也上小学了,胖墩墩的,齿白唇红,很健康。白老太太在孙子的书包里,总是放上一把巧克力,告诫他在饿了时,就悄悄吃几颗,不要让同学看见,这样做不是小气,而是怕别人传出去,生出不必要的麻烦。

白家小院没有人得水肿病。

三年困难时期终于过去了。

紧接着又来了"四清"运动。

白老太太天天看儿子带回来的《湘潭日报》,看一阵又想一阵,想一阵又看一阵,她的眼睛里渐渐漫上了忧郁。

有一个星期天早晨,春雨刚过,院子里一片盈盈绿意,映着几丛猩红的海棠,格外好看。穆旗到院子东南角的一丛竹子边,去挖春笋。在竹丛的后面,他发现有一个两尺来深的坑,这个坑只可能是他妈挖的,六十多岁的人了,居然还有这把子力气。他又发现深坑里积了很厚的纸灰,因为雨水的濡浸,潮乎乎的,像淤泥。他弯下腰,用手指翻了翻,还有一些没有烧尽的纸片,分明是书和笺纸的残留物。他吃了一惊,老太太把她的藏书和别的什么有文字记载的东西都烧了!她为什么要烧?是不是老太太的头脑里出什么问题了?他很想去问一问,但不敢,老太太的脾气他是知道的。

更奇怪的是有一个深夜,孙子早睡熟了,白老太太把儿子、儿媳叫到自己房里,把一些值钱的东西都交割一清,然后说:"我精力不行了,这个家由你们来管吧。另外,如果哪天我走了,丧事要从简,火化,把骨灰——不要盒子——就埋在那棵梅树下。其余的花草都不要了,开出几垅菜地,种菜!这口井里的水,让邻里来挑吧,我生前不喜欢热闹,死后倒想了!你们这辈子没读多少书,是福;但孙子有机会,让他多读书,像他爷爷那样,最好送出国去,钱我想也够了。"

穆旗说:"妈,你还硬朗着哩。"

白老太太挥了挥手,说:"我倦了,你们去吧。"

……

1965年冬天的一个上午,久雪初晴,天地一白,到处晶光闪耀。

白老太太死了。

是穆旗和老婆中午下班回家时发现的,尸体已经僵硬,推算应该死去两三个小时了。

白老太太死的那个姿势很让人费解,里外换过新衣的身子,倒伏在大水缸的边沿上,梳得整齐并插好发簪的头,插入漂着薄冰的水中,她一只手抓着缸沿,另一只手抓着水瓢的长柄,像是去舀水时,或是地滑,或是头晕,一头栽进水里闷死的。不过，大家似乎也有不便明言的疑点，这样冷的天，她去舀水干什么，冰天雪地，浇花浇草肯定是没有这个必要的。当然也不可能是他杀，因为现场没有任何挣扎的痕迹。

刘婶闻讯赶来了，她左左右右看了几遍，倒吸了一口冷气，说："白老太太……既然死了，穆旗，赶紧办理丧事吧，好在她过了花甲，也算是有寿之人了。"

穆旗突然放声大哭起来："妈呀……妈呀……你怎么就这样走了呢……"

遵照白老太太生前的交代，丧事办得一点也不张扬。火化后，穆旗将白老太太的骨灰埋在绿萼梅的根下。

开春后，在一个星期天，穆旗和老婆把花花草草全锄了，那些古老的陶瓷盆，全送给了巷中的人家。他们在院子里开出了几块菜地，种上春白菜秧子，撒下一些瓜豆的种子。

穆旗专门去了刘婶家，请她转告各家各户，以后只管到他家的院子里来挑水，那井水甜着哩。

刘婶听完，先愣了一下，再慢慢回过神来，说："穆旗，你比你妈——想得周到，何况井水是挑不完的。"

穆旗点点头，笑了笑，然后大步走了。

曲曲巷的人都说穆旗两口子有道义、贤德、大方，不愧是受党多年教育的好工人。

几个月后，"文化大革命"开始了。

有一群红卫兵小将要去白家小院抄家，刘婶和许多人齐刷刷拦在院门前，筑起一道人墙。刘婶说："你们怕是吃错了药啊，白老太太早死了，如今的穆旗十几岁就当了搬运工人，是老资格的工人阶级，表现得很好；他的老婆既是贫农成分，也是工人阶级中的一员，这样的人家你们也敢来胡搞，我们曲曲巷的革命群众是不答应的！"

红卫兵小将只好悻悻地走了。

穆旗站在院子里，双眼望着摆在院墙边的水缸，眼泪哗哗地往下淌。心里说：妈，你是为了我们，才那样死的……

许多年过去了。

白家小院只剩下穆旗和他老婆，他们的头发白了不少，早过了花甲之年。儿子穆满读完了大学，再自费去美国读硕士和博士，然后就拿了绿卡，找了一个美国老婆，已经做了他国的公民了。

院子里的菜地早平了，又栽上了各式各样的花草。邻里也不来挑井水了，自来水管已经铺进了各家各户。

那棵老梅树，在冬天的时候，总是开出很多很多的绿梅花，一院子的香气，满得流到巷子里去。

走过白家小院的人，总要说一句："好香！"

《当代人》2017 年 3 期

红黑白

这个暮春的上午，年过花甲的老画家蓝之南心绪不宁。从昨夜到眼下，如丝如缕的细雨下得极有韧性，真是"无边丝雨细如愁"啊。

天蒙蒙亮他就起床了，按以往习惯，先到画室挥毫临几张吴昌硕的篆书《心经》，然后出门，走出小巷的尾口，到雨湖公园去散散步。如果是下雨天，则在自家庭院的走廊上打打太极拳。但今天他什么都不想干，只是呆呆地坐在客厅里，连电视都没有打开。

儿子、儿媳是中学教师，早住到学校的住宅区去了。只有从文化局退休的老妻刘玉，和他朝夕相守。

刘玉陪着他坐在沙发上，小声问："中午，你不想去赴这个饭局，不去就是，犯得着这么愁眉苦脸？"

蓝之南点着一根香烟，狠狠地吸了一口，然后喷出一大团烟雾，说："我是不想去，可又不能不去！酷似《岳阳楼记》中的一句话：'进亦忧，退亦忧，然则何时而乐耶？'没想到请客的居然是白一丁，富而骄，俗而吝，是一个我不怎么喜欢的人。"

白一丁和蓝之南同住在这条司马巷里,做了几十年邻居。两家相隔不过几十米,步行十分钟即可到达。平时他们没有什么交道,更谈不上有什么过节,但蓝之南看不起白一丁。

白一丁比蓝之南小几岁,脸窄如刀,矮鼻,阔嘴,眼小却透出一种精明的锐亮。他原本是一家国营文化用品公司的采购员,走南闯北见过不少世面。三十年前辞职下海,在湘潭城中最热闹的平政街,开了一家红黑白文化用品店,主要经营传统书画所用的印泥、墨和宣纸,兼及砚台、毛笔、颜料、笔洗、色碟、印石、镇纸、笔床、笔舔、画毡……湘潭曾被文化部授名为"中国书画城",先贤有曾国藩、王闿运、杨度、杨钧、尹和白、齐白石、黎松庵、黎泽泰、毛泽东诸辈,以至文脉传承,连普通老百姓都汲汲于此道。白一丁在这样的氛围中,生意做得风生水起,赚了不少钱,如今不但城中有店铺,乡下还有好几个大作坊。

白一丁自感不是凡俗之辈了,司马巷中的各色人等,除不敢怠慢蓝之南外,没一个人可以入他的目。人家与他打招呼,他昂起头用鼻子"哼"一声,就算是回应了。他不与巷子里的人家互通庆吊,认为他不是这个层面的人。他决不到邻家走访,也决不邀别人到他家小坐,他家的黑漆铜环大门总是板着一张脸,拒人于千里之外。他家每月应交的水费、电费,往往收款员要上门好几次,才勉强交出来。蓝之南常想起清人张潮在《幽梦影》中说过的话：富而有寒酸气。

蓝之南是齐白石艺术研究院的院长，又是驰名海内外的资深画家，花鸟、山水、人物都有不俗的表现，尤以水墨画竹最为人钦服。书法也自成格局，城里的许多招牌皆出自他的手笔。他自用的笔、墨、纸、印泥，决不去白一丁的红黑白店子里买，而是直接与外地商家联系，发货到家里来。同时，也让公家购物不去红黑白，因为那里不但价格贵，而且调换商标，以次充好。

白一丁除生意做得好外，还自称是古纸、古墨、古印泥的收藏家，历年来不惜花重金从拍卖市场、古玩店或藏家手上，购回不少好东西，印泥中有清代皇家所用的箭镞朱砂印泥，明墨、清墨中有名品大国香墨、臣字款墨，宣纸中有乾隆淳化轩制龙纹透光四尺宣等品。但他只是说，原物却秘不示人。有书画界友人问蓝之南："这是真的吗？"蓝之南说："我猜有这回事，他有商人头脑，将来可待价而沽。给人看给人摸，都怕原物有所损伤，他就是这号人！"

白一丁总想和蓝之南改善关系。有时在巷中劈面相遇，白一丁马上腰微弯，拱手致意。清瘦如鹤的蓝之南也会停下脚步，拱手回礼，但只是出于一种自尊和修持。

"仇纸怨墨斋主，近来可忙？"

"还好，还好。白先生，听说你又收到好纸好墨了，什么时候让我看看?"

"传闻不可信、不可信。"

"我去看个朋友,别过了。"

"别过了,蓝先生。"

这种寒暄之语,很淡很短促。

蓝之南有个字号"仇纸怨墨斋主",知道的人不多,白一丁怎么知道?他一生作画,磨的墨必是上等好墨,用的纸必是上等佳宣,有了好墨佳纸,必废寝忘食,挥毫不缀。老妻刘玉说:"你这是仇纸怨墨,逞一时之快。"蓝之南大笑,说:"谢夫人赠号,我就叫仇纸怨墨斋主了。"

蓝之南万万没有想到,昨夜掌灯时分,白一丁忽然登门来访,身后还跟着他的儿子白小筠和一个年轻的姑娘。白小筠大学毕业后,去北京开了一家红黑白的分店,很少回湘潭来。

白一丁拱手,谦和地说:"蓝先生、刘老师,冒昧来访,海涵,海涵。"

白小筠和那姑娘走上前,向蓝之南夫妇鞠了一个躬,说:"蓝伯伯、刘伯母好!"

刘玉笑了,问:"小筠,这是你的女朋友吧,叫什么名字呢?"

姑娘操一口纯正的京片子,说:"我叫朱些些,曾是北京美术学院艺术史系的研究生。"

蓝之南说:"些些即稍稍、微微之意,出自古诗'好花中看些些红',好!你们快坐下。刘玉,泡早几天从安徽寄来的六安瓜片茶。"

白一丁说:"刘老师,别忙了,我们就要走的。我们来,是想请两位明日中午到寒舍吃个便饭,敬请光临。"边说边从口袋里掏出一个大红请柬,双手托着送过来。

"白先生,有什么大喜事吗?"

"朱些些久闻大名,又是学艺术史的,想请院长耳提面命。"

朱些些说:"听爸爸说,您还从未去过我家哩。爸爸不但请了您,还请了您的几个好友作陪,只是要耽误您的宝贵时间,很过意不去。"

蓝之南没有伸手去接请柬,是刘玉接过去的,说:"谢谢。"

白一丁悄悄地松了一口气:"我们就告辞了。按古礼'三请'的规矩,明日上午十时半、十一时半,小筠、些些还要上门口头二请、三请,我们全家明日恭候大驾光临。"

蓝之南说:"你们的礼数太隆重了。"

"应该!应该!"

……

壁上的大挂钟沉宏地敲了十一下。

刘玉问:"你去不去呀?再过半小时,小筠、些些又要来三请了,难道你还要等四催?那就有些装大了。"

"我不是在等三请四催,我装那个大做什么。去吧……去吧……"

他们忙着换上会客的衣服。刘玉着黑缎暗纹旗袍,脚蹬半高跟皮鞋。蓝之南上穿紫色唐装,下着青色长裤,换上一双咖啡色的皮鞋。

"呵,我得带上印章。"

"之南,带印章干什么?"

"假如有人要我挥毫呢?备着没坏处。"

院子里传来小筠、些些的喊声:"伯伯、伯母,请呵——"

蓝之南答道:"来啦——"

毛毛细雨还在下着。

小筠和些些分别为蓝之南夫妇撑起油纸伞,朝白家走去。光润的石板巷道上,响着他们的脚步声,在高高的巷墙间回旋,很好听。

刘玉问些些:"你们什么时候办喜事呢?"

些些说:"快了。"

"你喜欢湘潭吗?"

"喜欢。我的硕士论文题目叫《齐白石故里的湘潭画派溯源》,其中就写到蓝伯伯对齐派艺术的推陈与出新,导师给了高分哩。"

不一会儿，就来到了白家门口。

黑漆铜环院门蓦地打开，白一丁夫妇迎了出来，连连说："欢迎，欢迎。我们早在门后候着，请进！"

蓝之南走进院子时，双眼一亮。白家的院子不小，有廊有亭有池有假山，随处土植盆栽着各种竹木花草，红、黄、紫、白的玫瑰花，素洁如玉的玉簪花，一茎上开着密集羽状小花的羽扇豆，吹着红色喇叭的藤本牵牛花。牵牛花按例是开在夏秋之间的，这个新品种却能在春天开花。蓝之南心里说：巷里人家谁见过白家的院子？真个是姹紫嫣红开遍。

走过曲曲弯弯的小径，便是一排白墙青瓦的屋宇。

白一丁领着蓝之南夫妇走进会客的厅堂。厅堂里早到的四个人立刻站起来迎接。果然都是蓝之南的好友：名中医兼书家的李仁、《潭州晨报》文化记者林笛，还有两个齐白石艺术研究院的同事吴戈和楚语。他们的年纪都比蓝之南小，常自谦为学生。

"蓝老师，你好。"

"刘师母，你好。"

蓝之南的心情突然好起来，说："惊动各位了，抱歉抱歉。"

"白老板说请了你，我们能有幸叨陪末座听教，谁会不来呢？"

白一丁说:"各位先喝口好茶清清齿,然后请到餐厅去。今天的主厨,请的是城中的湘菜大师马五和他的徒弟,酒是窖藏三十年的'莲花白',一定要'痛饮酒,杯莫停'!"

"好。"

午宴是准十二时开始的。一个大圆桌,正好坐十个人:白一丁一家四口、蓝之南夫妇,再加上李仁、林笛、吴戈、楚语。十四道菜陆续摆上了桌子:东安子鸡、酥炸麻仁鸡腿卷、脆皮糯米鸭、烤乳猪、菊花熘鸽片、麻辣肉丁、火方生蹄筋、冬菇烧猪脑髓、锅贴牛肉、红煨羊肚片、白汁鳜鱼、组庵豆腐、八宝芽白卷、鸳鸯灯笼椒。

白一丁端杯站起来致辞:"各位老师、老友,谢谢光临寒舍。先前是不敢惊扰各位的,这次犬子小筠与些些从北京来探家,后学想一识诸尊听取教诲,于是在下有了一个最好的借口劳动大驾!我先干为敬。"

大家一齐站起来,也跟着端杯一干而尽。

"请尝尝这些菜的味道。"

酒宴上的气氛热烈起来。

酒是上品,菜亦道道精彩。

白一丁问蓝之南:"兄以为如何?"

"一个字:妙!"

最殷勤、最活跃的是小筠、些些,双双离席挨个儿敬酒,说话得体,且丝毫无醉意。

刘玉不喝酒,她喝的是饮料。她说:"些些为我们女界争光了,巾帼不让须眉,了不起。"

蓝之南在书画界有"酒龙"之称,两个年轻人自然格外照看他,敬了一回又一回。

蓝之南说:"你们让我喝得痛快淋漓,我高兴。"

些些说:"蓝伯伯,我想求您一件事。"

"湖南人不说'您',你是京城人,说起'您'来很好听。你说吧。"

些些满面通红,羞羞地说:"我和小筠要结婚了,求您一幅画挂在新房,不知行不行?"

"行。你公公也有这个意思吗?"

白一丁赶快站起来,说:"我不敢开口啊。蓝兄赐画,是我们全家的幸事。来,我们全家四口,敬你一杯!"

蓝之南喝完杯中酒,在这一刻心里突然有了想法,便对白一丁说:"白兄,但我有个条件,不知你答应否?"

"请讲。"

"你知道我自号'仇纸怨墨斋主',越是好纸好墨,我越是倾情挥毫,便有精品出现。你舍得拿出好纸好墨吗?"

白一丁脸上的肌肉抽搐了好几下,咬着牙说:"这有什么舍不得的?"

"些些,你快谢谢你公公的慷慨,平时他看都不让人看的,何况用?"

些些真的向白一丁鞠了一个躬,说:"谢谢爸爸。"

蓝之南看出这个小女孩没有城府,天真可爱。

说说笑笑吃完了饭,大家马上回到会客的大厅堂。

白一丁早让人把画案摆好了,画毡铺上了,笔洗、色碟、笔架、颜料等物备齐了。在另一张八仙桌上,摆着一个个装着墨的锦匣、一张张折好的各种型号的宣纸,还有一个雕着花纹的紫檀小匣,里面放着青花瓷印盒盛的印泥。

李仁、林笛、吴戈、楚语,轮番着去看、去掂、去摸、去嗅,回到座位,啧啧称奇。

白一丁说:"你们说好不算数,得蓝兄说好,否则他是不动笔的。"

蓝之南喝了几口茶后,说:"白兄泡的是郴州狗脑贡茶,而且是今年的明前茶,上品。"说完,站起来,走向八仙桌,去看纸、墨、印泥,白一丁紧跟其后。

蓝之南先看墨和纸,再看印泥,回过头来说:"墨是民国时的,还有解放初期的,一般一般,你的明、清两朝的藏品呢?舍不得我来用?宣纸有徽宣和蜀宣,倒是五六十年前的货,你不是还有更老的纸吗?只有印泥是真好,叫箭镞朱砂印泥。我先歇歇,等你拿点像样的墨和纸出来!"

蓝之南回到座位,悠然地喝茶。

白一丁痛苦地搓着手,说:"我再去找找,忘了放什么地方了。"说完,快步走了。

蓝之南觉得这惩戒的方法让他很解气,白一丁也有心痛如割的时候。

刘玉说:"之南,你不会将就一下?"

"些些,你公公红口白牙说得明明白白,我能将就吗?不是让你和小筠失望吗?你们说是不是?"

小筠、些些认真地点了点头。

林笛是个资深记者,用小巧的数码相机,拍场景也拍墨、纸、印泥的实物,忙得上蹿下跳。

李仁说:"这些墨虽不是明、清两朝的,但制作精良,好墨其色紫而闪耀,溢出火油彩光,此其一;其二,看墨上的图案、名款,所填描的颜料如金、朱砂、石青、石绿等,皆是矿物质制成的;其三是要在砚中磨一磨,坚细如玉的墨边不会翻卷起来;其四要用,好墨上纸,点划如漆,光彩焕发且苍润适度。"

吴戈说:"真乃方家之语。"

楚语问:"说墨可药用,真的吗?"

李仁说:"一点不假。比如明代的大国香墨,墨中配有麝香、冰片、珍珠、金箔、儿茶、公丁香、黄连等多种药材,磨出的墨汁可治吐血的肺痨症。"

林笛正拍摄印泥,问道:"蓝老师,能说说这箭镞朱砂印泥吗?"

蓝之南说:"这种印泥由清代贻晋斋首创,因贵重,多为皇室和各王府所用。做印泥所用的朱砂，是从朱砂温泉中提炼，而这种温泉要隔五年十年才把山腹深处的朱砂翻腾出来。采之不易，提炼不易，再加上各种珍奇配料，精心制作方成。印在纸上马上会凸浮出来，以火燃纸，纸成黑灰但印泥依旧鲜红。据科学测定，印泥中含有微量放射性物质。想不到，白老板藏有这样的珍物，论价格每盒应在十万以上。"

林笛说："谢谢。让我长见识了。"

正说着闲话，白一丁手捧几个墨匣和几张宣纸回到厅堂，径直走到蓝之南面前。"找得我好苦，请蓝兄和各位法眼一观，看东西……真不真？"

大家都围了上来。

蓝之南看罢墨又看纸，说："明代的大国香墨和清代的臣字款墨，这两块墨不错，小筠、些些可各持一墨，分别在大砚台里磨墨吧。宣纸就用这张乾隆时淳化轩制的龙纹透光古宣，给小筠、些些作画；还有几张光绪时的宣纸，我来为各位写字。"

大家欢呼起来。白一丁痛苦地拍了拍胸脯，想说什么又说不出来。蓝之南的嘴角叼出一抹淡淡的笑，心想：看你下次还敢请客！

小筠、些些霍霍地磨墨，磨了近一个小时，头上汗珠子乱飞。

蓝之南看见墨水中有细沫泛起，满屋子盈着扑鼻的香气。他说："可以了！你们让大家看看墨磨过的边棱，依旧平直如刃，好墨呵。"接着他在画毡上铺好纸，拎起笔先蘸水浸透，再挤去笔肚中的水，然后在几个色碟中调出浓、稍浓、稍淡和淡几种墨色。

小筠和些些侍立在画案上方，敛声屏气。

"你们就要结连理之好了，我先画竹，此谓之'筠'，再在竹边画一石、几枝淡红的玫瑰花，意为'朱些些'。石之坚、竹之清俊、玫瑰之浪漫全有了，祝你们幸福。"

"谢谢蓝伯伯。"

蓝之南画竹自有其法门，他不是先画竿再画枝然后画叶，而是先快疾地涂出一丛一丛浓浓淡淡的竹叶，再依情势画出疏密交错的竹竿，竹枝呢，省略不画。接着用淡墨于竹林边勾出一尊石头，再换笔蘸曙红画几枝浅红的玫瑰花。然后题款："小筠凌云长长碧，好花夺目些些红。贺白小筠、朱些些小友结秦晋之好。丙申暮春，仇纸怨墨斋主蓝之南一挥。"

林笛看看表，完成一张四尺大画，蓝之南不过用了四十分钟！

众人一齐鼓掌叫好。

白一丁说："蓝兄，你得钤印，印呢？"

蓝之南从裤口袋里掏出一个小纸包，里面放着几个印章。"白兄,我早备着哩。请拿过箭镞朱砂印泥来!"

题款尾端钤上了白文印"蓝"、朱文印"之南",再在右上角钤上"仇纸怨墨斋主"的闲章。蓝之南说:"此生我也是第一次用此印泥,真乃幸事、快事。"

林笛说:"这句话,将来我要引用到文章里去。"

小筠、些些拿起画,一人站一边,请蓝之南站在画后的中间,让林笛拍照。

蓝之南说:"左边是小筠,右边是些些,我是站在花竹之间。"

白一丁迅速地在画案上铺上另一张宣纸,说:"蓝兄,你今天用了好纸好墨好印泥,我斗胆求你写几个字,意下如何?"

"可以。不过,今日的菜肴,道道是精心之作,湘菜大师马五悄然劳作于厨房,让我们大饱口福,而且菜一上桌便飘然而去,连个脸都不肯露一下,有君子之风。我为他先写一张,好不好?"

"好!"大家为蓝之南的话感动,这才是真正的草根情怀。

蓝之南写的是隶书,用的是老子的话:"治大国如烹小鲜。"写完了,他对白一丁说:"托白兄转交,并请转达我们的谢意。你是主人,我先为你的客人写字,如何?这光绪时期的纸也很名贵,请将四尺纸裁成四个琴条。"

白一丁说:"蓝兄,你不必为我节约纸,只管大大方方地用。"

"你不心痛,我此刻倒有些心痛了。"

蓝之南分别用楷、行、隶、草四种书体,为李仁、林笛、吴戈、楚语各写了一个小琴条。

白一丁拿过一张四尺整宣,说:"蓝兄,请高抬贵手,为我写张大纸吧。"

蓝之南原想以珍惜好纸为借口,只为白一丁写个小琴条,没想到他鬼精鬼精的,"热情"得让他不可推辞。

"白兄,写'古墨珍纸美印泥'这几个字,可否?"

"正应了我的店名'红黑白',好。"

蓝之南心头暗笑:我写甲骨文,有几个认识。他提起笔,蘸墨,很认真地横行写下这几个字,然后题款、钤印。钤完印,用废纸把印面擦拭干净,重重地塞进裤袋里。

刘玉说:"也不包一下,会弄脏口袋的。"

蓝之南笑了笑,说:"我们该告辞了。"

白一丁说:"吃了晚饭再走不迟。"

"该走了。该走了。"

"下次再请大家来寒舍。"

"谢了。谢了。"

……

一眨眼,半个月过去了。

先是《潭州晨报》文化副刊以专版形式,登载林笛的长篇通讯《小巷幽院的雅集》,并配发多张照片。蓝之南所写的甲骨文"古墨珍纸美印泥"书件照片,专门附了释文,以方便读者认识。

接着,红黑白文化用品店大张旗鼓举办了"古墨、珍纸、美印泥"的展销会。大厅里,悬挂着蓝之南那天所作的字画。不少书画家、收藏家前来抢购这些价格昂贵的稀罕之物,除白一丁标示的几件不出售的样品外,其余的皆被购走。这笔进项应是个大数字,到底是多少,只有天知道!

蓝之南没有去现场,他不想去凑这个热闹,但书画界的朋友、学生,不时地打电话来传递消息。他想:销售了一个星期,白一丁有这么多古墨珍纸好印泥吗?

有一天,一个本地颇有资财的企业家,好收藏,经人介绍,拿着一盒从展销会上买来的清代仿唐代双鲤鱼墨,上门来请蓝之南鉴定。蓝之南看、抚、掂、嗅后,断定是假的,应该是白一丁乡下作坊的仿品。他说:"我也看不准,你可以磨它十几分钟,看看墨边卷不卷。"企业家说:"五万元的东西,谁会犯傻去磨?"说完,拿起墨匣走了。

以此类推,古旧宣纸和印泥,还有其他文房用品,定有不少赝品,夹杂着销售出去了。

蓝之南对刘玉说:"我自以为那天去白家吃饭,好好地戏弄了白一丁一回。没想到他让我和我的朋友,当然还有小筠和些些,都入了他布的局下的套。他是真正的导演,我们成了他随意调动的演员,票房价值落实到他的展销会上了!"

刘玉说:"下次……就再不会上白一丁的当了。"

蓝之南一拍桌子,吼道:"还有下次吗?他妈的!"

原载《红岩》2017年2期

斑头雁

嵌在大西北荒野上的寒云湖，是无数水鸟种群的大本营。方圆百里烟波浩渺，点缀着几痕汀、洲、岛、屿，到处疯长着芦苇、水蓼、剪刀草、丝草和水杉。

水鸟有常居的，也有按季候迁徙的。沙鸥、苍鹭、白鹤、天鹅、野鸭、灰鹳、大雁……尤以大雁的种群最为兴旺，鸿雁、豆雁、白额雁、斑头雁，一大群一大群的，或飞或游或栖。大雁是候鸟，浅灰褐色的羽衣，缀着深色的斑纹，很漂亮。特别是斑头雁，头上的斑纹如戴了一顶黑条纹的帽子，显出一种调皮的意味。它们春、夏两季在这里厮守，一入秋，天气渐凉，便结队南飞，一会儿是"人"字，一会儿是"一"字。到温暖的南方去，快活地游玩，尽情地品尝美味，销魂地交配；入春后带着乡愁匆匆归来，用草叶、树枝搭建起自家的窠巢，雌雁便开始履行神圣的使命：产卵、抱卵，让一只只小雁破壳而出。有了儿女，做父母的就带着它们游水、练飞、觅食。

满眼是水鸟的翅影，满耳是水鸟的鸣叫声。

楚雁飞有一句话常挂在嘴边："这个鸟世界！"

是赞扬,还是嘲贬?谁知道呢。

楚雁飞是去年秋,与南飞雁逆向而行,从湖南衡阳回雁峰下的老家出发,千里迢迢应聘到寒云湖的护鸟队当专职的护鸟员,具体岗位是兰草湾的观测室。除了二十二岁的他,还有一个五十岁的班长吴远征,是一将一兵的独特格局。

吴远征的脸又黑又皱,是长年累月的湖风吹割所致;个子瘦小精干,行动却相当敏捷。他当护鸟员,不,还有一个不另拿工资、补贴的身份——协警,既要观测、保护鸟类的生态环境,还要严防偷猎者,屈指算来已经三十年了。楚雁飞觉得他的模样很老气,特别是"老"在头发上,一头白发夹杂着几绺青发,很像斑头雁的头饰。

第一次见面,吴远征笑着问:"小楚,你是三湘林学院水鸟与环境保护专业的高才生,怎么选择来这里?"

楚雁飞优雅地打了个响指,说:"吴班长,我的名字里有个'雁'字,老家的回雁峰是雁的终点和起点,杜甫说:'万里衡阳雁,今年又北归。'我读大学时,对大雁特别感兴趣,它的诚信守时让我钦佩。在学校我是一个诗社的社长,诗写得很婉约,我想效命于朔地,让诗添一派雄豪之气。于是,我来到雁群最密集的寒云湖。"

"好!这里虽是自然保护区,却不是对外开放的旅游风景区,生活又艰苦又寂寞。小楚,你有湖南人的狠劲和韧性,曾国藩的'扎硬寨、打死仗'就让我倾服。"

"你读过曾国藩的书?"

"得闲时,也看一看。"

秋去春来,几个月过去了。

来时,大雁南去,现在又纷纷北归。

楚雁飞真没想到日子有这样难熬。四周荒无人烟,给养靠队部用车从外地运来,常常吃不上蔬菜。特别是冬天,冰天雪地,奇冷,有电却没有空调。燃着一炉煤火,让人冷得直打哆嗦。日长如年,夜长亦如年。幸好有这位如父如兄的吴远征呵护他,让他在这座小小的砖瓦房里有了一点"家"的感觉。做饭、烧水,全由吴远征包揽了。他要去帮忙,吴远征说:"你歇着。你来和我做伴,我心里很感激哩。"

楚雁飞真没想到工作有这么单调。每天吃过早饭,他跟着吴远征,轻手轻脚走过八百米的半地下长廊(为的是不惊扰水鸟们),来到湖边伪装好的监测室,轮流站在立着支架的高清摄像头前,对各种水鸟进行动态追踪,还要不时地作记录,看得眼睛发涩,站得双脚发麻。

楚雁飞想和吴远征说说话,吴远征摆摆手,说:"鸟儿一听有人声,就飞远了。晚上回去,我们聊个痛快。"

"好……吧。"

楚雁飞没想到自己会在寒云湖过春节。

吴远征的家在本省一个偏僻的小县城，一年回去探一次亲，和久别的妻儿团聚。探亲往往选在春节前后这一段日子，队部会派一个人来临时顶替，可今年队部实在抽调不出人手来。吴远征二话不说，痛痛快快地答应留下来当值。

"小楚，你赶快整理行装，回老家去过年，你的爸爸妈妈望眼欲穿哩！"

楚雁飞摇摇头，说："吴班长，我也想留下来和你做伴，在朔地过春节，我是第一回！""你是想多陪陪我，要不心里过意不去？"

"哪会呢？"

"也好。队部会送来肉食、蔬菜、酒水，我们一起过一个有纪念意义的春节。"

楚雁飞脸一热，他的心思瞒不过吴班长。

楚雁飞很奇怪，吴远征能在这里一待就是三十年。他能这样待下去吗？不能。坚守一个条件很差的环境，得有一种巨大的原动力，他没有。他想顶多再待些日子，辞职回老家衡阳去。

春节过去了，接着是立春，冰消了，雪化了。随着春天阳气不断上升，湖水绿，水鸟欢。

南去的大雁，一群一群回家了。没想到"倒春寒"说来就来了，一夜北风紧、雪花狂，到处银装素裹。

天刚蒙蒙亮,吴远征就叫醒了楚雁飞。

"小楚,昨天我们观察到湖边草丛里,有好多只斑头雁在孵化鸟蛋,温度这样低,别冻坏了它们。我们去湖边看看!"

楚雁飞痛苦地从梦中走出来,赶忙穿衣下床。

雪还在零星地下着,湖上、湖岸上,看不到一只飞翔的水鸟。

他们蹑手蹑脚来到湖边,察看一个一个斑头雁的窠巢,这一带是它们的领地。雌雁一动不动地在抱卵,那些卵保护在它们的肚腹下,输送着母爱的热度,任凭身上的雪花积了一层又一层。公雁也守在旁边,像忠诚的警卫员。

楚雁飞看见吴远征的眼里流出了泪水。

他们巡看了一遍,又悄悄回到小砖房。

"小楚,这些母亲即便冻死,也不会动一动,更不会飞离,因为它们为的是生命的传承,这就是信念。"

楚雁飞是第一次亲眼看到这种场面,半晌说不出话来。

四五周后,小雁叽叽喳喳来到人世。

楚雁飞站在高清摄像头前,观察当上妈妈的斑头雁,领着小雁初次下水。接着,他看见母雁用坚硬的喙把自己身上的长羽,一根一根拔出来,扔在水面上。公雁在低空飞翔、盘旋,护卫着它们,嘎嘎地欢叫着。

他忍不住问吴远征:"母雁拔掉自己的羽毛,这是为什么呢？我百思不得其解。"

这一次，吴远征没有制止他说话，小声地缓缓地作答："鸟类一看见天敌，会本能地起飞逃窜，丢下的幼崽定遭灾祸。斑头雁妈妈拔去长羽，为的是抑制自己畏怯的本能，当天敌来临，它不能起飞，只能全力去保护孩子，哪怕牺牲自己。等到小雁的翅膀长齐，母亲的毛羽也长成原样。于是又带着儿女们开始长途飞行。这是一种什么精神？这才叫伟大的坚守。"

楚雁飞直觉得浑身发热，动情地说："您说的，书上没有，是来自您长期的观测与体悟。所以，您从它们身上得到源源不断的原动力，才能一直坚守在寒云湖，茹辛含苦，不弃不离。"

"……是这个理。"

寒云湖早晚温差大，即便是春深时节，夜里依旧寒气逼人。

楚雁飞看了看壁上的挂钟，十一点了。他搓了搓手，说："吴班长，我们该睡了。"

吴远征支棱着耳朵，不作声，好像听到了什么动静。过了一会儿，说："湖边有盗贼。我听到了他们的脚步声，是两个人。"

"盗贼？他们来这里盗什么？"

"盗斑头雁！母雁和幼雁的翅羽还没长好，正栖息在窠巢里,每到这时候,有胆大的盗贼就来张网盗捕。然后卖给饭店酒楼,很赚钱的。"

楚雁飞说:"我跟您一起去!这些王八蛋!"

"我一个人去就行了!小楚,你得守着这小砖房,守住这部直通队部值班室的电话,防止他们端了我们的老巢。你要关紧门,不是我回来,千万别打开。"

"您是爱护我,让我待在屋里安全。"

吴远征板起一张脸,拿了一支手电,取出一把短柄猎刀,匆匆扑进夜色里去了。

楚雁飞把所有的电灯都打开,又搬出一捆硬木柴架到门外的空坪里,浇上汽油,点燃了。木柴先是跳出几点小火苗,然后变成一大束火焰,噼噼啪啪地响,火光抛掷向空中,十分壮观。他相信很远的地方都能看见这个巨大的光环,对盗贼是一种威慑,对安歇的水鸟们是一种警示。

两个小时过去了。

当一个跌跌撞撞的人影从窗外飘过去,接着楚雁飞听到吴远征的敲门声和说话声,敲门声很轻,说话声很低。

"小楚……是我,我是老吴。"

楚雁飞打开门,借着灯光,他看见吴远征的额头上沁出鲜红的血。

"吴班长,您受伤了?"

"被他们挥舞的网杆打了一下,不要紧。我刚才警告他们：赶快离开，偷捕水鸟是犯法，想被抓进去吃牢饭吗？我手上的刀，也不是吃素的，想试试吗？"

"他们吓住了？"

"他们也带了刀，雪亮雪亮的，凶狠得很，不想轻易放弃这个捞钱的机会。我忽然发现小砖房那边闪射的火光，便说：你们以为我是一个人好对付，睁开狗眼看看，我的同事在身后呢，我只要一声喊，他们立马就赶过来了！他们先是强作镇定，然后一步一步后退，退到三十米开外，赶快逃跑了。小楚，你很会动脑子，怎么想到燃起一堆火？"

楚雁飞扶住他，喉头有些哽咽，说："吴班长，快进屋，我给您的伤口上药、包扎。"

……

鸟世界在楚雁飞的眼里，变得越来越奇瑰和壮美。每晚回到小砖房，先和吴远征一起做饭、烧水、打扫卫生。然后，在昏暗的电灯光下，和吴远征谈他观察水鸟的体会，写他的《水鸟观察日记》。

"小楚，你不想回老家的回雁峰了？"

"如果回去，只是探看父母，然后会再回到这里来，像守信守时归来的雁。"

"你是独生子，父母亲同意吗？"

"他们尊重我的选择。我打电话告诉过他们，关于斑头雁和您的故事，他们很感谢您。还说他们外出旅游，特地买了两顶灰褐色带黑条纹的绒布鸭舌帽,很快会寄过来。"

"谢谢他们!我们一老一少戴上这种帽子,帅气哩。"

楚雁飞张开双臂,作飞翔状,还嘎嘎嘎地叫了几声,说:"您是老斑头雁,我是小斑头雁,永远在一起。"

《啄木鸟》2017 年 8 期

路考

祖武因公因私到武汉以外的地方去，喜欢坐高铁，又快又稳当。坐高铁又决不买一等座，二等座就蛮好，不就是个匆匆过客吗？如果是他一个人可以去办的事，他决不让人陪同。

可这次不由他选择，他只是个客人，邀请方是长沙的潇湘舞剧院。对方说以他的地位和名声，应该坐一等座；说他年届花甲，右腿又有旧伤，必须由办公室的小青年陪护。东道主在网上把来去的高铁一等座票都订好了，而且是双份。

祖武对办公室的小杨说："这次要辛苦你了。其实我身体挺不错的。"

小杨说："好汉不提当年勇。祖老，就给我一个当随从的机会吧。"

祖武现在是长江艺术学院舞蹈系的主任。他曾是科班出身的舞蹈演员，主攻古典舞蹈。在大型舞剧里跳领舞，还自编自导自演了不少独舞节目，如《醉打山门》中的鲁智深，《苏武牧羊》中的苏武，在全国的舞蹈大赛中得过金奖。他太痴爱舞蹈事业了，不但读书勤，练功也勤，在翻腾闪挪中身体上留下许多伤痛。他表演鲁智深醉酒后的种种醉态，身体语言的惟妙惟肖，令人称绝。他曾为一个腾空跃起并旋转的高难度动作致使右腿骨折，可他一直坚持到落下幕布，然后被同事紧急送往伤科医院。四十岁后，他专意于舞蹈教学，培养出不少新秀。

潇湘舞剧院成立伊始，面向全国招聘年轻的男女舞蹈演员十名，经过多次筛选，已到终评阶段。因老朋友、现任院长之邀，祖武聘为终评总监。总监无须坐在评委席上，他可以坐在考场的任何地方，监看考生的应试，也监督评委的打分。他叮嘱小杨，旅途不要谈论去监考的事，他们不过是两个普通的旅客。

眼下正是暮春的黄昏，寒雨纷飞，冷气森森。

祖武穿着薄棉袄，头戴绒线老人帽，手提一个小布袋，里面放着三条准备送给朋友的黄鹤楼香烟。

他们站在站台上标明"一车厢"的黄线后边。坐一等座的人居然还不少。

小杨说："这个袋子也让我提着吧。"

祖武摇摇头，说："这东西轻。你已经给我提着行李箱了，压手哩。"

这趟车是从郑州开往长沙的，武汉虽是大站，也只停车五分钟。

列车进站停稳后,车门开了。小杨和祖武随着队伍,急急地进入已亮起灯的车厢。

祖武的座号是5D,小杨的座号是5C,中间隔着过道。小杨把祖武的行李,放在自己座位这边的行李架上。祖武也举起那个装香烟的小袋子,往座位上边的行李架上放去。就在这时候,列车开动了,还没放稳的小袋子,从祖武的手上忽地脱开,掉下来,再从前排一个旅客的右肩边擦过,落到地上。

祖武赶忙走上前,说:"对不起、对不起,让你受惊了。"

一个蓄长发的二十岁出头的小女孩抬起头来,眼一横,说:"你怎么搞的?这么重的东西砸下来,砸得我右手都麻了。"

祖武说:"只是三条香烟。对不起,对不起!"边说边拾起小袋子让小女孩看。

小女孩脸一别,站起来,快步离开了座位,朝一车厢前面走去。

小杨伸手接过小袋子,放到行李架上去,说:"一个老人说了这么多'对不起',她理也不理,还要怎么样?"

祖武摆摆手,示意小杨不要多说话,然后,坐到自己的座位上去。

列车跑得风驰电掣。

过了好一阵,那个小女孩没回到自己的座位上来。列车长和本车厢的列车员,突然出现在祖武面前。

"老同志,我是列车长刘杰,刚才你放东西,是不是掉下来砸在前排旅客的右肩上?"

祖武说:"是的。我已经道歉了。"

"她说她的右手发麻,很疼,可能骨折了,因为右手对于她非常重要,担心影响她未来的事业,请你去协商一下,好吗?"

祖武说:"我去。"心里想:一等座的车厢,怎么会有这样的人物?几条香烟落下来擦肩而过,会导致骨折吗?

小杨站起来,大声说:"我是老人的陪护人,他上年纪了,耳朵不好,我去谈。"

小杨跟着列车长走了。

列车员也是个小女孩,温和地说:"老人家,我是小张。我能问问情况、看看小袋子吗?"

祖武说:"可以。给你们添麻烦了。"

小张向祖武细问了当时的情况,又打开小袋子看了看,再掂了掂整个袋子的重量。接着,又向周围几个目击者进行咨询。

"列车员同志,人在旅途,难免发生这样的小事。几条香烟会砸伤人,这不是碰瓷吗?"

"年纪小,就这么刁钻古怪,让人生厌。"

列车到了赤壁站。

小杨满脸愤懑地回到车厢。

"祖老，谈了这么久，她不肯谅解。列车长说派车上医务人员给她验伤，或涂擦万应止痛膏，她坚决不同意。她坚持要由当事人、受伤人及调解人——列车长，共同签订一个调解书，说明小行李袋砸伤了她的右臂，她于明日去医院检查、诊断、用药，所有费用由当事人负责。"

祖武说："这小女孩太精明了。我作为一个有儿有女的老人，也不安呵，我同意。"

"当事人一栏由我去签字吧，并留下我的手机号码、身份证号码。祖老的名字不能留在这份调解书上，让人憋屈。"

"好吧。"

车过岳阳站后，小杨把三方签了字的调解书复印件拿回来，交给了祖武。祖武戴上老花眼镜看了看，知道这个小女孩叫汪小秀，到达站也是长沙。他折叠好调解书，小心地放入内衣的口袋里。

汪小秀过一会儿也回来了，她从行李架上取下一个大旅行包。祖武一直盯着她的右手，没有任何不正常的地方。汪小秀大概是怕人议论，提着大旅行包，昂着头朝后面的二号车厢走去。

列车快到长沙时，列车长刘杰又来到祖武面前，不好意思地说："老人家，我还得麻烦你一下，汪小秀说调解书上当事人一栏，签的是你的陪护人的名字，她要求我看一看你的身份证，用手机拍个照发给她，再问问你的手机号码，将来好直接和你通话。"

祖武说："这一点问题也没有。"

"谢谢。"

……

长沙潇湘舞剧院招聘舞蹈演员的终评，进行了三天。作为终评总监的祖武，一直坐在一个不起眼的地方。往日的排练场成了考场，开着空调，很暖和。祖武进场前，摘掉了老人帽，露出没几根毛的脑袋；脱下薄棉袄，换上了薄呢中长外套；鼻梁上，特意架了一副茶色眼镜。在考场，他看得很认真，听得很仔细。令他惊诧的是，那个同车厢的汪小秀，竟是此中的一个考生，简历上写着她是河南一个县歌舞团的舞蹈演员。汪小秀基本功不错，临场发挥也好，人还长得有模有样。前九名依分数多少排出，汪小秀与另一个分数相等，并列第十名。

在院领导、评委和总监参加的会上，为两个并列十名的考生谁上谁下，争得面红耳赤，最终由总监祖武来拍板。

祖武平静地讲述了列车上发生的这件事，然后掏出调解书让大家一一过目。其中有一条说："受伤人如果在专业上因右手伤残，当事人应承担全部赔偿责任。"

祖武说："她表演考试规定的内容时，你们看出她右手有问题吗？"

一个评委说:"当然没有。如果有问题,她也不可能从四十名考生中进入终评。"

祖武说:"我在列车上目睹她的表演,可谓之路考。她的素养就这个样子,小市民的精明与刁滑,都学到骨子里了,她能和同事们和睦相处吗?难!"

大家一致同意把汪小秀拉下来。

有人问:"万一她恼羞成怒,用调解书上的条款,来找祖老的麻烦呢?"

祖武冷冷一笑,说:"在座的都看了她表演的舞蹈,右手伤残了吗?一旦诉诸法律,各位都是证人。何况,她其意不在要找我赔偿什么钱,她坐一等座来应考,就说明她家境不错。她的刁滑,可想见她与周围的人不可能很宽容地相处。她之所以借这件事发飙,并一定要签署调解书,是自命不凡,为了争一个面子,万一落榜,她回去后可以体面地说出缘由,并有纸写笔载的证据。这么年轻,就有这么多的心眼,这叫'聪明反被聪明误'!"

有人说:"祖老,你回去时,假如和汪小秀同坐一趟车一个车厢呢?"

祖武说:"作为长辈,如果她愿意,我一定会和她好好谈一谈,她要走的路还长哩。"

《啄木鸟》2017年8期

图书在版编目（CIP）数据

能不忆江南/聂鑫森著.—厦门：鹭江出版社，2018.9
ISBN 978-7-5459-1483-2

Ⅰ．①能… Ⅱ．①聂… Ⅲ．①中篇小说—小说集—中国—当代②短篇小说—小说集—中国—当代 Ⅳ．①I247.7

中国版本图书馆CIP数据核字（2018）第131201号

NENG BU YI JIANGNAN
能不忆江南

聂鑫森　著

出版发行	：鹭江出版社		
地　　址	：厦门市湖明路22号	邮政编码	：361004
印　　刷	：三河市兴博印务有限公司		
地　　址	：河北省廊坊市三河市杨庄镇大窝头村西	邮政编码	：065200
开　　本	：840mm×1092mm　1/32		
插　　页	：2		
印　　张	：10.25		
字　　数	：181千字		
版　　次	：2018年9月第1版　2018年9月第1次印刷		
书　　号	：ISBN 978-7-5459-1483-2		
定　　价	：49.80元		

如发现印装质量问题，请寄承印厂调换。